KB017491

고딩을 위한 발칙하고 유쾌한 문학 수업

시가 나에게
툭툭 말을
건넨다

시가 나에게 툭툭 말을 건넨다

초판 1쇄 발행·2020년 7월 20일
초판 2쇄 발행·2021년 5월 11일

지은이·장인수
펴낸이·김종해

펴낸곳·문학세계사
주소·서울시 마포구 신수로 59-1(04087)
전화·02-702-1800
팩스·02-702-0084
이메일·mail@msp21.co.kr
홈페이지·www.msp21.co.kr
페이스북·www.facebook.com/munsebooks
출판등록·제21-108호(1979. 5. 16)

고딩을 위한 발칙하고 유쾌한 문학 수업

시가 나에게 툭툭 말을 건넨다

장인수 지음

문학세계사

문학 수업,
그 발칙하고
엉뚱함에 대하여

문학을 가지고 놀았던 수업의 사례들이 이 책에 펼쳐져 있다.

어떤 격한 감정이 밀려와 꺼이꺼이 울어버릴 것만 같았던 스탕달 신드롬의 문학 수업이 몇 번 있었을까? 선생님이 광대 같았다고, 미친놈 같았다고, 무언가에 홀린 놈 같았다고, 격정적인 한 편의 드라마를 본 것 같았다고, 몰입도 강한 배우 같았다고 얘기하는 제자들이 몇 명이나 있었나?

수능시험이나 중간고사, 기말고사에서 문학점수는 사회과학이나 인문계열 지망생보다는 이공계열 지망생이 훨씬 높다. 이것은 예술로서의 문학을 평가하기보다는 도구道具로서의 문학을 평가하기 때문이다. 문예백일장에서는 그와 상반된 현상이 벌어진다.

언어를 규범과 질서에 가둔 상태에서는 발칙한 새로운 상상력이 작동하기가 힘들 수도 있고, 서로 눈치를 볼 수밖에 없다. 그래서 종종 언어를 해방시키는 수업을 시도하곤 했다. 문학 수업 시간의 일부를 할애하여 도발적인 언어, 비속어, 은어, 감각적인 언어, 삐딱한 언어를 잠깐이나마 허용하려고 했다. 그랬더니 학생들의 엉뚱한 질문이나 생각들이 툭툭 터져 나왔다.

이 책은 학생들의 엉뚱하고 기발한 질문들에 대한 탐구라고 볼 수 있다. 26년 동안 문학 수업을 하면서 내가 던진 질문에 대한 탐구도 있지만, 대부분은 학생들이 던진 질문에 대한 탐색 활동이다.

"밥 딜런이 어떻게 노벨문학상을 받을 수 있어요? 밥 딜런의 노래 가사가 서정주, 백석, 윤동주의 시보다도 더 뛰어난가요?"

"도대체 한恨의 정서를 지닌 친구들이 누가 있죠? 우리 학교 학생 중에는 거의 없을 것 같아요. 그런데 왜 한의 정서가 우리 문학사의 핵심 정서인가요?"

"미당문학상 폐지 운동이 전개되던데 선생님은 어떻게 생각하세요?"

"유배문학이야말로 문학의 압권이라고 힘주어 강조하시는데 그러면 우리도 뛰어난 문학 작품을 쓰기 위해 먼 곳으로 쫓겨나야 하는 건가요?"

"소설이나 영화에서 가장 재미있는 영역은 귀신 이야기가 아닐까 합니다. 선생님은 어떻게 생각하세요?"

"흑인도, 백인도, 노동자도, 성전환자도 선비가 될 수 있나요?"

"바이러스 입장에서 인간의 삶을 평가해 볼까요?"

학생들이 이런 질문을 쏟아내면 감전이 된 듯 소름이 돋을 정도다. 벼락 치듯 한 대 얻어맞은 느낌이다. 이런 질문을 그냥 무시하거나 덮어두고 지나칠 수는 없는 노릇이다. 어쩌면 이런 질문을 좀 더 탐구하고 엉뚱한 대답이라도 찾아내는 것이 학생활동 중심의 문학 수업이 아닌가 싶다.

"문학 수업 시간에는 조금 엉뚱해져도 괜찮아. 아니, 많이 엉뚱해져도 괜찮아. 왜? 시, 소설, 수필, 향가, 고려속요, 시조…… 모두 엉뚱하니까. 기막힌 표현은 엉뚱하지 않으면 나올 수 없거든."

이 책은 고등학교 교실 현장에서 실제 수업 경험담을 토대로 썼다. 그래서 능동적인 독자인 학생들이 어떻게 작품을 수용하는지가 조금은 실감나게 드러나 있다. 수용자인 고등학생들은 백지 상태에서 작품을 받아들이는 것이 아니라, 자신의 경험과 체험을 바탕으로 받아들인다. 또한 학생들은 작품 해석의 주체로 자신의 경험 세계를 확장하며, 이를 통해 작품의 의미를 새롭게 생성한다. 그래서인지 이 책은 논리적이고 분석적인 문학 감상에서 살짝 벗어나 샛길로 빠지는 엉뚱한 부분도 있다. 널리 양해를 바란다.

이 책을 내면서 가장 먼저 제자들에게 고맙다고 말하고 싶다. 나는 늘 교학상장敎學相長, 불치하문不恥下問의 자세로 임하려고 애쓴다. 제자들 중에는 스승인 나보다 뛰어난 능력을 지닌 학생들이 매우 많다. 제자들의 발칙하고 엉뚱한 질문이 이 책을 엮을 수 있는 원동력이었으니까.

밥 딜런이 노벨문학상을 받았을 때 나는 김유중, 장석주 선생님께 당돌한 질문의 메일을 드려서 자문을 구했다. 그런데 놀랍게도 선생님들께서 매우 정성껏 답장을 주셨다. 이 자리를 빌려 다시 한 번 고맙다는 인사를 드린다.

김종해 선생님은 내게 가장 좋은 술벗이면서 스승님이다. 늘 하회탈처럼 함박 웃으면서 나를 맞아주시고, 술을 따라주신다. 마포 조박집에서 자주 만난다. 동치미잔치국수를 함께 먹으면서 속마음을 듣는다. 나를 시인으로 만들어주신 분이다. 그리고 끊임없이 격려해 주신다.

대학교 은사님이신 오탁번 선생님은 늘 삐딱하고, 엉뚱하고, 상상력이 풍부하신 분이다. 어린이의 어투, 청년의 눈빛, 중년의 식견을 모두 간직하신 분이다. 보드카와 맥심 커피를 섞어 드시기도 하신다.

나는 오탁번 선생님을 통해서 문학을 학문적으로 접근하는 법도 배웠지만, 문학으로 노는 방법을 배우기도 했다. 언어놀음이나 천진난만한 눈빛으로 문학에 접근하는 법을 배웠다. 아마 그래서 고등학교 교육 현장에 가서도 천진난만한 학생들의 시선으로 시를 감상하는 방법을 매우 중요하게 생각했는지 모른다. 이 자리를 빌려 감사를 올린다.

고등학교 문학 수업! 한 번은 사랑에 날뛰는 날이 올 것을 믿는 수업! 젊은이여! 욕망이여! 입을 열어라. 내 사랑을 말하겠다.

또는 몽상하는 수업, 이른바 몽상 수업을 해보는 것도 좋다. 고등학교 학생들은 기발한 몽상가들이다. 꿈과 현실을 뒤섞는다. 실제와 환상을 뒤섞는다. 나에게 많은 영감을 주는 장석주 시인의 산문이나 시편들이 몽상의 미학을 잘 보여준다. 헛된 생각에 푹 빠져본다면 오히려 문학적인 감수성을 기르고 심미안을 느낄 수도 있지 않을까 싶다. 발칙함과 엉뚱함을 긍정할 때 문학 수업은 조금 더 미학에 가까워질 수도 있다는 생각이다.

차-례

2 시가 나에게 툭툭 말을 건넨다
온라인 수업이 미학적 본질에 어떤 변화를 줄까?

3 시가 나에게 툭툭 말을 건넨다
책『난쏘공』과 영화 〈기생충〉이 집에 대한 토론을 한다면?

4 시가 나에게 툭툭 말을 건넨다
황진이는 얼마나 발칙하고 자유로운 영혼이었을까?

1

시가 나에게
툭툭 말을 건넨다

밥 딜런, 조용필이
문학 교과서에
실릴 수 있을까?

북한 문학 답사
일 번지는 어디일까?

-김소월과 백석의 고향 그곳, 정주

유홍준 교수는 『나의 문화유산답사기』에서 남도문화 답사 일 번지로 강진과 장흥을 꼽았다. 그래서 아들 둘과 함께 도보여행을 다녀왔다. 김영랑 생가, 영랑문학관, 다산초당, 만덕산 산길, 탐진강 강변길, 고려청자 가마터(도요지), 이청준 생가, 선학동 마을, 한승원 생가, 녹차밭 등을 5일 동안 걸었다. 논둑이나 밭둑, 해변 돌밭에서 라면을 끓여먹으면서 이동했다. 걸으면서 노을, 바람, 자갈, 철새들, 글쟁이, 역사적 사건, 민초들의 삶에 대해 오래도록 이야기를 나누었다.

문학 기행! 이것은 문학을 가르치는 중고등학교 선생님이라면 끊임없이 추구할 것이다. 문학은 구체적인 시공간을 지니기 때문이다. 문학은 체험을 바탕으로 창작되기 때문이다. 문학은 삶의 구체적인 현장을 들여다보아야 하기 때문이다.

김소월과 백석의 고향은
같은 곳이다

"남북 왕래가 허용된다면 가장 먼저 밟고 싶은 북한 문학 답사 장소는?"

학생들에게 이런 질문을 하면 몇 명이나 대답할 수 있을까? 100명 중에 한두 명만 대답할 뿐이다. 다른 학생들은 거의 대답을 하지 못한다.

"윤동주 시인의 고장인 연변 용정에 가고 싶어요. 해란강을 보고 싶어요."

"이용악 시인은 함경도가 고향이지요? 이용악 시인의 유랑지를 가보고 싶어요."

"김종삼 시인은 황해도가 고향이지요?「심청전」의 무대인 장산곶도 황해도지요? 황해도로 문학 기행을 가고 싶어요."

"정지상의 한시「송인送人」은 대동강이 배경이지요? 대동강을 따라 문학 기행을 가고 싶어요."

이 정도의 대답이라면 문학에 대한 관심이 지대한 학생이다.

만약 교사인 나에게 북한 지역의 문학 기행을 묻는다면? 두말할 필요도 없이 평안도 정주 땅이다. 오산학교가 있었던 곳이다.

말 마소, 내 집도/ 정주 곽산定州郭山/ 차車 가고 배 가는 곳이라오./ 여보소, 공중에 저 기러기/ 공중엔 길 있어서 잘 가는가?[1]

—김소월, 「길」 중에서

1) 앞으로 나오는 모든 문학 작품들은 원전 해독보다는 이해의 폭을 넓히기 위해 현대어 표기 체계를 따른다.

새끼손톱 길게 돋은 손을 내어/ 묵묵하니 한참 맥을 짚더니/ 문득 물어 고향이 어데냐 한다/ 평안도 정주라는 곳이라 한즉/ 그러면 아무개 씨 고향이란다

—백석, 「고향」 중에서

김소월과 백석의 고향이 같다니! 두 작품에 공통적으로 나오는 곳, 평안도 정주. 영변이라는 곳이다. 핵발전소, 핵무기 등 가장 첨예한 역사의 현장이 그곳이다. 영변의 약산은 진달래꽃이 얼마나 흐드러지게 피는 곳일까? 국민애송시 1~2위, 평론가가 뽑은 시인 1~2위! 시인이 뽑은 시인 1~2위! 김소월과 백석은 현대시문학사의 두 거봉이다.

통일이 되면 가장 먼저 평안도 정주 영변에 가보고 싶다. 김소월이 '길이라도 내게 바이 갈 길은 하나 없소.'라고 할 때, 백석이 '나는 북관에 혼자 앓아누워'라고 할 때 타향살이는 떠돌이 나그네의 삶이다. 운수행각雲水行脚을 하다가 그들은 고향땅 평안도 정주라는 곳에 갔을까? 이 세상 가까운 곳이지만 가기가 쉽지 않는 장소들이 있다. 평안도 정주여!

홍경래의 난,
러일전쟁이 벌어진 곳

평안도 정주는 조선시대 문과 급제자 1만 5천여 명 중에서 한양을 제외하면 급제자 배출 1위였던 곳이다. 그만큼 공부의 열풍이 강한 지역이었다. 전국 군현 중에는 평안도 정주가 영조 대 이후 170년간 급제자를 241명 배출해 1위를 차지했다.

또한 정주는 조선 후기 홍경래 난의 본거지이기도 했다. 조선 후기 평안도 홍경래의 농민군이 봉기하여 맹위를 떨치며 관군에 맞서다가 마지막으로 함락된 곳이 바로 정주성이다. 정주는 평안도 농민전쟁의 본거지였던 것이다.

1904년 3월 28일, 정주에서는 러일전쟁의 첫 번째 전투가 벌어졌다. 900명의 러시아 기병은 2,000명에 달하는 일본에 맞서 몇 시간에 걸쳐 교전했지만 결국 일본군에 대패하고 말았다.

정주에는
오산학교가 있었다

정주는 기독교 신문물이 가장 앞섰던 곳이기도 했다. 해방 전까지 한국 기독교의 교세는 북한이 남한을 크게 앞질렀다. 일제 탄압으로 기독교가 변질되기 이전인 1938년 통계에 의하면, 60만 명을 넘던 당시 기독교인의 75퍼센트는 북서지방, 그중에서도 평안도와 황해도에 몰려 있었다. 새로운 근대문명의 질서를 만들려 했던 사람들은 대부분 신의주, 선천, 정주, 영변, 평양, 강서, 진남포, 재령 등에 살았던 진보적 중산층 기독교인들이다.

정주는 오산학교가 자리한 곳으로도 유명하다. 오산학교는 3·1운동 민족대표 33인 중 한 명인 남강 이승훈 선생이 구국인재 양성을 목적으로 1907년 평안북도 정주에 설립했다.[2]

특히 이 학교의 항일운동 역사는 개교 초창기로 거슬러 올라간다. 1909년 순종 황제가 일본 통감 이토 히로부미

> 2) 오산학교에 대한 내용은 한국학중앙연구원에서 편찬한 『한국민족문화대백과사전』에서 발췌했다.

와 함께 남강의 공로를 표창하는 행사에 참가하자 오산학교 교직원과 학생들이 일장기 대신 태극기만 흔들며 환영 행사를 펼쳤다. 1919년 3·1운동 때는 남강의 독립선언에 호응해 학생 1,200여 명이 다음 날부터 만세운동을 벌였고, 일제는 이에 대한 보복으로 학교에 불을 지르는 만행을 저질렀다. 1929년 광주학생운동 때도 학생들이 만세운동에 대거 참가했다가 37명이 구속되기도 했다. 이런 저항정신 속에서 오산학교는 수많은 항일애국지사와 예술인들을 배출했다. 김억(4회), 김소월(12회), 백석(18회), 이중섭(25회) 등의 예술가도 오산학교 출신이다. 신채호, 조만식, 이광수, 염상섭 등 선각자들이 오산학교에서 교편을 잡았다.

홍길동과 김소월의
먼 인과관계를 지닌 곳, 정주

홍길동은 〈조선왕조실록〉에 기록된 역사적 실존 인물이다. 때는 연산군 6년(1500), 도적의 우두머리 홍길동이 충청도 전역을 무대로 날뛰었다고 한다. 조정에서 가까스로 홍길동을 처형한 뒤 충청도 일대에는 거센 후폭풍이 불었다. 조정은 사건의 관련자들을 낱낱이 체포해 평안도를 비롯한 변방으로 강제 이주시켰다. 그런 이유로 평안도 일대에는 아직까지도 충청도를 본관으로 하는 사람들이 많이 산다. 김소월도 공주 김씨. 홍길동 때문에 충청도에서 평안도로 강제 이주를 당한 백성의 후손인 것이다.

김소월과 백석은
남북 모두의 시인이다

고향이 같은 김소월과 백석! 쌍벽을 이루는 천재 시인이다. 김소월은 남북한 모두에게 민족 시인으로 호명되어 왔다. 그러나 자세히 들여다보면 북한에서의 김소월은 애국적 시인, 저항시인, 향토시인, 즉흥시인, 인민적 서정시인, 사실주의적 시인, 비판적 사실주의 경향의 대표적 시인, 진보적 시인 등의 라벨을 달고 있다. [3] 이런 평가는 남한의

> 3) 김소월 개념의 전유와 분단 – 남북한 문예사전을 중심으로, 이지순(서울대학교 사회과학연구원), 2018.12

독자들에게는 낯설고 이질적이다. 우리에게 익숙한 호칭은 민요시인, 서정시인, 국민시인, 한의 시인, 여성적 정조의 시인 등이다.

북한에서 김소월 시의 특징적인 사상 정서를 강렬하게 구현한 대표작이 「초혼」이다. 비판적 사실주의 문학의 훌륭한 사상 예술적 높이를 과시하고 있으며, 민족적 절개와 애국주의가 통곡의 경지로 승화된 작품이라고 평가한다. 퇴폐적·허무적 비애와 우울의 감상적 반발을 일삼던 당시의 부르주아 시인들과는 대조적이라는 것이다.

백석은 어떠한가? 분단 이후 백석은 북으로 갔다. 그는 북에서 시, 동화시, 번역시, 번역소설, 평론 등의 장르에서 활동했다. 외국어분과에 속한 번역 작가로 활동하며 러시아, 중국, 터키 작가의 작품을 번역했다. 20여 편에 육박하는 러시아 소설과 220여 편의 러시아 시를 번역하기도 했다. 그는 식민지 시절 시인, 재북 문인, 공산주의 문학 작가, 사회주의 리얼리즘 번역 작가, 아동문학가 등 다방면에서 문학을 했다. [4]

그럼에도 불구하고 북한 문학사에서는 백석의 위상이 남한만큼 높지는 않

4) 분단 후 백석 시의 분석과 평가를 위한 제언, 이상숙(가천대학교), 2010.10

다. 최근 20여 년간의 백석 열풍을 보며, 간혹 우리가 그를 '우리가 보고 싶어 하는 백석'으로만 보고 있는 것은 아닌지 의구심이 들기도 한다.

나만의 북한 문학 답사
일 번지는 어디일까?

나는 홍명희『임꺽정林巨正』에서 주 무대였던 황해도 청석골을 꼭 가보고 싶다. 또한 연암 박지원이 숨어 지냈던 황해도 연암골도 가보고 싶다. 조선 최고 여성시인, 송도삼절인 황진이의 주 무대인 개성과 박연폭포 역시 가보고 싶다. 정철의『관동별곡』이동 경로를 따라 삼팔선을 넘어서 철원 지방과 금강산을 본 후에 동해안의 관동 일경부터 관동 팔경까지 관람하고 싶다.

그리고 김소월과 백석의 본향인 평안도 정주 지역을 답사하고 싶다.

아! 갈 곳이 많구나. 북한 지역에 문학의 성지聖地가 많구나.

감각은 오감일까? 육감일까? 감각학일까?

-감각의 번뜩임

'미학'을 '감각학'으로 바꾸자는 주장이 요즘 제기되고 있다. [5] 오늘날은 감각의 시대다. 감각으로 살고 있다. 그만큼 기존의 미학보다도 감각의 범위가 더 넓어졌다고 한

5) 『감각의 역사』, 진중권, 창비, 2019

다. 멀티미디어 시대에 무제한으로 정보와 지식에 접근할 수 있고, 시공간의 제약도 사라졌기 때문에 어느 먼 시공간으로 자유롭게 이동하면서 그곳을 느낀다는 것이다. 감각이 아름다움의 범위를 무한정 확장시키고 있다.

애매한 비유법과
감각적 이미지

고등학교 2학년 문학 과목의 수행평가로 시 창작을 다년

간 하고 있다. 조건을 제시했다. 내용의 참신성이나 표현의 창의성은 객관적인 평가가 어려워서 평가 점수를 최소화했다. 슬픔, 기쁨, 절망, 기다림 등의 특정 정서를 제시했다. 또한 표현법 네 가지를 제시하고 그 표현법이 잘 드러났는지를 평가했다. 예를 들어 색채어를 넣을 것, 은유법을 넣을 것, 절망의 정서를 넣을 것, 촉각적 심상을 넣을 것, 미각적 심상을 넣을 것 등이다.

그런데 채점이 꽤 어려웠다. 다음과 같은 여러 사례들이 채점을 곤혹스럽게 했기 때문이다. 채점을 명확하게 하기 위해 대여섯 명의 시인들과 대학 교수님에게 자문을 구해야만 했다. 그런데 만장일치는 거의 없었다. 시인들마다, 교수님마다 각론에서 의견이 갈리곤 했다. 어느 한쪽의 감각으로 귀속시키기 곤란한 단어들이 무척 많았다.

□ '신발이 젖는다'라는 표현은 시각일까? 촉각일까?

수행평가 채점을 하면서 헷갈린 사례가 있다. '신발이 젖는다'가 촉각적 심상일까? 시각적 심상일까? '발가락이 촉촉하게 젖는다'는 촉각적 심상이 맞다. '비에 젖은 손목이 차갑다' 또한 촉각적 심상이다. '시리다', '울퉁불퉁하다', '차갑다', '따스하다', '간지럽다', '꺼칠꺼칠하다', '매끄럽다', '물컹하다', '물렁물렁하다', '딱딱하다' 등 어떤 대상과 실제로 접촉해서 접촉면에서 느껴지는 감각이 촉각적 심상이다. 그런데 '신발이 젖는다'고 하면 신발에도 촉각이라는 감각이 있다는 것인가? '머리가 비에 젖는다'라고 했을 경우에도 머리카락이라고 하는 접촉면에서 느껴지는 구체적인 감각이 표현되었는가? 그냥 신발이나 머리카락이 젖는 상태를 바라보는 시각적 심상에 가깝지 않을까?

　□ '매실 장아찌를 씹으니 목젖이 시큰하고, 보드랍고, 달고, 매끄럽고, 향기로웠다.'는 어떤 감각일까?

　혓바닥과 목젖은 미각을 느끼는 신체의 감각 기관이다. '보드랍다'와 '매끄럽다'는 피부가 느끼는 촉각어에 해당한다. '향기롭다'는 코가 느끼는 후각어에 해당한다. 그런데 미각을 느끼는 혓바닥과 목젖이 촉각과 후각을 느낀다? 목젖이 달다? 목젖이 향기롭다? 이것은 미각일까? 촉각일까? 후각일까? 아니면 공감각일까? 혓바닥과 목젖이 미각과 촉각과 후각을 동시에 감지하고 느낀다는 것인데 그것이 가능할까? 선생님을 곤혹하게 만드는 대단히 현명한(?) 학생의 답안이었다.

　□ '청양고추를 먹었더니 뱃속이 쓰리고 아팠다.'는 오감이 아닌 육감에 해당되는가?

　뱃속이라는 내부기관은 감각 기관이 아니다. 미각은 혀, 후각은 코, 촉각은 피부, 청각은 귀, 시각은 눈이라는 신체의 외부 기관이 느낀다. '쓰리다'라는 통각은 주로 미각이나 촉각에 속한다. 그런데 '위장'은 혀도 아니고 피부도 아니다.

신체의 내부 기관에서 발현되는 감각은 오감에 해당되지 않는다. 그렇다면 뱃속이 쓰린 것은 무슨 감각에 해당하는가? 오감이 아닌 육감에 해당되는가? 아니면 감각과 지각과 인지가 복합적으로 작용하는 다른 감각에 해당하는가?

이렇게 본다면 감각의 경계선은 뚜렷하지 않다. 서로 긴밀하고 유기적으로 연결되어 있고 경계선을 넘나든다. 감각感覺과 지각知覺의 경계선도 애매하다. 서로의 영역을 넘어서며 왕래한다. 그런데 아직 고등학교 문학 교과서에는 청각, 미각, 시각, 후각, 촉각을 명확히 구분하고 이에 귀속시키려고 한다.

□ '그의 볼살은 모찌모찌하다'는 촉각적 심상인가?

이건 무슨 뜻인가? '모찌'를 사전에서 찾아보니 일본어다. '모찌'는 일본어로 'もちはだ(병기餠肌, 병부餠膚)'로 '매끈하고 포동포동한 살갗'을 의미한다. 그렇다면 '모찌모찌하다'는 촉각적 심상인가? 도대체 이런 경우는 어떻게 채점해야 하는가?

문학에 있어서
오감과 육감

우리 학교 선생님 중에 한 분이 향긋한 자메이카 커피 냄새를 맡으면서 '육감을 만족시키는 커피 향기'라는 표현을 썼다. 함께 커피를 마시던 선생님들이 모두 깔깔 웃었다.

"난 5.5감 만족이야."

"난 식스센스야."

오감이란 미각, 시각, 청각, 촉각, 후각을 말한다. 이 오감은 분석적인 사고에 의한 감각이다. 그런데 육감은 무슨 감각일까? 육감六感, 즉 여섯 번째 감각일까? 아니면 육감肉感이라는 성적인 느낌일까? 육감六感은 심리학적으로 '초감각적 지각esp'이라고도 하는데 귀신을 본다거나, 초현실적인 현상을 보았다고 하는 신비로운 감각을 말한다.

"커피향이 행복감을 주니까 행복감도 또 다른 감각이라면 육감 맞지."

"불교에서 108번뇌는 오감의 집합체라고 해. 즉, 오감에 중독되면 108번뇌가 생긴다고 하니, 모든 번뇌는 감각과 연관이 있는 거지."

"그래요? 그럼 시 창작은 모두 번뇌겠네요? 시 창작의 핵심 요소가 보이지 않는 것을 보이는 것으로, 느껴지지 않는 것을 느껴지는 것으로, 들리지 않는 것도 들리는 것으로, 맛이나 향기가 없는 것조차도 맛과 향이 있는 것으로 표현하는 오감 능력이잖아요."

"와! 그렇군요. 시인은 모두 108번뇌에 휩싸인 분들이네요. 하하하."

"시에서 감각이 없으면 시가 아니지. 심지어 추상의 구체화, 관념의 구체화도 있잖아. 관념적인 것조차도 감각화시키는 것이 시잖아. 공감각도 시의 매력이지."

"이거 시심詩心과 불심佛心은 서로 상충하면서 대척점을 가지네요."

예술은 깨닫는 것이다. 오감이라는 감각의 번뇌로 글을 쓰면서 자각하는 것이다. 즉 감각은 번뇌면서 예술 창작의 원천이 된다. 오감과 외부의 정보를 흡수하되 그것을 통해 내면의 세계에 숨어 있는 자신을 찾고, 진리를 찾고, 우주의 순환과 생명성을 발견한다. 오감은 세상을 살아가는 데 인생을 깨우치기 위해 존재하는 유혹의 당근과 같은 것일지도 모른다.

"육감만족이라는 족발집이 있어요. 진짜 맛있어요. 그때 육감은 육감적이다, 관능적이다. 육덕이 풍부하다라는 의미에 가깝겠죠?"

우리는 농담 반 진담 반 즐거운 대화를 나누었다.

'감각적 심상'이라는 말은 이치에 맞는가?

감각은 시각, 청각이 중심이 되지만 후각, 미각, 촉각 등이 있고, 심지어는 무게 감각, 운동 감각(움직임의 지각), 기관 감각(고동, 맥박, 호흡, 소화 따위의 지각), 근육 감각(근육 긴장의 지각) 등도 이미지로 제시될 수 있다. 이런 것들을 통틀어 '감각적 이미지'라고 부른다.

그런데 '심상心象'의 사전적 정의를 보면 '감각 기관에 대한 자극 없이 의식 속에 떠오르는 영상'이라고 한다. 심상은 감각 기관의 도움보다는 지각의 도움을 더 많이 받는 경우라고 볼 수 있다. 시각, 청각, 미각, 촉각, 후각, 공감각은 분명히 감각 기관인데 심상은 지각 기관의 도움을 더 받아서 마음에 그려지는 것이라니? 그렇다면 '감각적 심상'이라는 말이 맞는 말인가? 미심쩍다. 문학 교과서에 그렇게 나와 있긴 하지만…….

한 편의 시가 어떻게
사람의 마음에 와서 꽂힐까?

-김종해 시인의 사람 시

영재학급 창의융합수업 시간에 머리를 말랑말랑하게 하기 위해 워밍업을 하곤 한다. 그럴 때면 주로 시를 가지고 한다. "(   ) 안에 들어갈 시어가 뭘까요?"라는 식이다.

아직도 사람은 (   )하다

김종해

죽을 때까지 사람은
땅을 제것인 것처럼 사고 팔지만
하늘을 사들이거나 팔려고 내놓지 않는다
하늘을 손대지 않는 사람들을 보면
사람들은 아직 (   )하다
하늘에 깔려 있는 별들마저

사람들이 뒷거래하지 않는 걸 보면
이 세상 사람들은
아직도 (   )하다

어떤 반응이 나왔을까? 굳이 모범답안을 요구하지 않았다. 유연한 사고에서 창의성이 발현되기 때문이다. 학생들의 입에서 미숙, 멍청, 어리숙, 영리, 우둔, 황홀, 부족, 쓸 만, 그러, 멍, 순진, 소박 등의 답이 나왔다. 정말 다양하다. 머리가 말랑말랑해진다. 유연한 사고가 생기기 시작한다. 그런데 실제 정답은 뭘까? '순수'다. '아직도 사람은 순수하다'가 정답이다. 시는 이토록 심성을 곱게 하는 수업 도구로 아주 제격이다.

한 편의 시가
백 마디 잔소리보다 낫다

졸업식이나 입학식에서 학교장이나 동문회장, 지역 국회의원이 축사를 하고 격려사를 한다. 그리고 교실에 들어오면 담임이 또 한 마디 한다. 격언이나 명언을 말하는 경우도 있고, 인생의 경험담을 말하는 경우도 있다. 친구처럼 격의 없는 인사말을 하는 경우도 있다. 나는 주로 시 한 편을 읽어준다. 칠판에 판서를 해놓고 큰소리로 낭송을 한다. 김종해 시인의 「그대 앞에 봄이 있다」라는 시는 꽤 안성맞춤이어서 내가 자주 인용을 한다. '추운 겨울 다 지내고 꽃필 차례가 바로 그대 앞에 있다'는 문장은 그 어떤 말보다도 학생들의 가슴을 파고든다. 봄이 되어 4~5월에도 수업 시간에 이 시를 낭송하면 금상첨화다.

그대 앞에 봄이 있다

우리 살아가는 일 속에
파도 치는 날 바람 부는 날이
어디 한두 번이랴
그런 날은 조용히 닻을 내리고
오늘 일을 잠시라도
낮은 곳에 묻어두어야 한다
우리 사랑하는 일 또한 그 같아서
파도치는 날 바람 부는 날은
높은 파도를 타지 않고
낮게 낮게 밀물져야 한다
사랑하는 이여
상처받지 않은 사랑이 어디 있으랴
추운 겨울 다 지내고
꽃필 차례가 바로 그대 앞에 있다

인성 교육을 할 때도 백 마디 말보다 시 한 편이 더 학생들의 감성을 자극할 때가 있다. 하지 말라는 부정어를 많이 섞어서 학생들을 강하게 훈육하는 것도 때로는 필요하다. 도덕은 나와 타인을 위해 내가 '참는 것'이기 때문이다. 그렇지만 학생들의 감성을 자극해서 잔잔하게 감동을 주는 것이 더 필요할 때도 많다. 그럴 때 짧은 시 한 편은 무척 효과적이다.

마음에서 우러나오는 겸손함을 교육시키고자 할 때면 김종해 시인의 「새는 자기 길을 안다」가 매우 적절하다. 하늘 아래 겸손한 것의 의미를 가장 겸손하게 보여주기 때문이다. 새가 자아自我라고 한다면 별은 타자他者다. 타자에게 피해를 주지 않는 것, 타자를 존경하는 것이 결국 겸손이다. 새도 자기 길을 알아서 하늘 높이 길을 내지 않는데, 우리 인간은 끝도 없이 오르려고만 한다. 학생들은 한없는 인간의 욕망을 눈치챈다. 겸손을 모르는 오만함을 새를 통해 알려주는 시라는 것을 학생들은 감성적으로 알아차린다. 한 편의 시가 백 마디 도덕적인 말보다도 더 가치 있고 효과적이다.

새는 자기 길을 안다

하늘에 길이 있다는 것을
새들이 먼저 안다
하늘에 길을 내며 날던 새는

길을 또한 지운다
새들이 하늘 높이 길을 내지 않는 것은
그 위에 별들이 가는 길이 있기 때문이다

시는 결국 인간에 대한 탐구다. 인간 탐구를 가장 치열하게 전개하는 사람들이 시인이다. 나는 '시창작반' 동아리를 맡고 있는데 수업하면서 '인간 탐구'의 시간을 갖는다. 그럴 때마다 내가 꼭 언급하는 시가 있다. 바로 김종해의 시「풀」이다. 왜 인간이 아니라 풀이냐고? 풀이 곧 인간이니까. 인간이 아닌 사물이나 자연 대상물이나 동식물을 인간의 친구로 만들어야 하니까.

풀

사람들이 하는 일을 하지 않으려고
풀이 되어 엎드렸다
풀이 되니까
하늘은 하늘대로
바람은 바람대로
햇살은 햇살대로
내 몸 속으로 들어와 풀이 되었다
나는 어젯밤 또 풀을 낳았다

「풀」이라는 시는 청정한 이미지와 짧고 긴장된 함축미를 보여준다. 사실 김종해 시인의 대표적 시집 『항해일지』는 섬뜩할 정도로 치열한 삶의 인식과 상황이 펼쳐지고 있다. 절망적인 시대의 험난한 삶의 물살을 헤쳐나갔던 그의 '항해시'들은 절망적인 현실과 상황의 알레고리였다. 김종해 시인의 시 작업들은 이웃, 가정, 친구, 함께 살아가는 사람들에 대한 깊은 애정과 관심의 산물이다. 「풀」을 통해 시인은 따뜻하고 넉넉한 마음의 뿌리를 다듬어낸다.

김종해 시인의 시세계는 지금까지 펴낸 그의 여러 시집 서문들을 통해 확인된다.

□ 그의 희고 창백한 얼굴에는 '인간의 일'에 몰두하는 존엄한 장인이 남아 있다. —『인간의 악기』

□ 너무나 어둠에 숙달된 사람들, 괴로워하는 모든 사람들의 영혼 위에 꺼지지 않는 최후의 등불을 켜드리고자 합니다. —『왜 아니 오시나요』

□ 지금 우리에게 가장 절실하고 소중한 것을, 지극히 '개인적인 것'이라 할지라도 한 인간에게 '가장 절실하고 소중한 것'을 나의 시 속에 수용하고 싶다. —『항해일지』

□ 시인이여, 시여, 그대는 이 지상을 살아가는 인간의 삶을 위안하고, 보다 높은 쪽으로 솟구치게 하는 가장 정직한 노래여야 한다. —『바람부는 날은 지하철을 타고』

□ 시로써 사람을 느끼며, 그래서 사람으로 태어난 것을 자랑하

고 싶은 시./ 울림이 있는 시, 향기 있는 시./ 나는 이런 시가 정말 좋다. ―『풀』

김종해 시인의 관심은 변함없이 '인간'에게 있다. 나는 그의 연작시 「항해일지21」을 무척 좋아한다. 거기에 나오는 '나는 민중시를 쓰지 못하지만/ 먹고 살기 위해/ 한낱 장사아치의 계산기가/ 더 소중스럽지만/ 민중민중민중민중민중민중/ 말의 남발보다/ 땀 흘려 일하는 개인주의를 더 사랑한다'는 시구절을 좋아한다. 땀 흘려 일하는 개인을 사랑하는 시인이다. 김종해의 시세계는 이웃, 소시민 의식을 통하여 역사와 시대의식에 우선하는 개인적 삶의 과정이 형상화되어 있다.

나에게 김종해 시인은 존경하는 스승이다. 나는 김종해 시인을 1년에 몇 번씩 만난다. 은방울 자매가 노래한 〈마포 종점〉 근처에서 만난다. 그곳에서 토정 이지함의 흔적을 볼 수 있다. 그곳에 '조박집'이라는 40년 넘은 숯불갈비집이 있다. 김종해 시인은 오랜 단골이다. 나는 김종해 시인을 일 년에 서너 번은 꼬박 '조박집'에서 만난다. 돼지갈비를 함께 먹는다. 정진규, 정규웅, 오탁번, 이근배, 이탄, 이건청 시인 얘기를 자주 한다. 그보다 집에서 혼자 마시는 여러 술 종류와 궁합이 맞는 술안주에 대해서 전문가답게 이야기한다.

마포갈비집 자리에 앉자마자 열무김치말이국수가 나온다. 동치미국수가 나온다. 김종해 시인은 나의 선생님이다.

엄격하지만 매우 자상한 분이다. 고기를 손수 굽고, 술을 깎듯이 제자에게 따라준다. 적당히 술을 드신다. 한번도 크게 취한 적이 없다. 시종일관 얼굴빛이 크게 변하지 않는다. 자세가 흐트러지지 않는다. 된장국이 나오면 고추장과 된장국과 밥을 비벼서 나에게 나눠준다.

김종해 시인은 부엌에 자주 들어간다. 잔치국수를 좋아한다. 소고기를 사다가 직접 굽는다. 노량진수산물 시장에 일주일에 한 번은 가신단다. 생물을 사서 집에 와서 손질하고, 데치고, 삶아 안주를 만든다. 생물 오징어를 특히 좋아한단다. 김종해 선생님은 멸치가 제철이면 '봄멸'과 상추를 사서 집으로 향한다. 양파와 마늘, 청양고추를 다져 만든 홈메이드 쌈장으로 상을 차린다. 그리고 소주 한잔을 드신다.

5월 어버이날에 어울리는 감성 시, 「잔치국수」

김종해 선생님의 시집에는 어머니의 손맛을 그리워하는 요리사의 술과 음식으로 빼곡하다. 어머니는 국수 장사를 하셨다. 국수 장사를 하신 어머니를 추억하는 '음식 시편'들로 채워져 있는데, 잔치국수와 관련된 시편들이 있다.

선생님은 그 시절로 돌아가 충무동 시장에서 국수 장사 하시는 어머니의 '키 작은 중학교 2학년' 아들이 된다. 물지

게를 지고 어머니를 돕는 아들이 된다. '멸치국물'이 끓는 양
은솥을, 대나무 소쿠리 위 국수 면발에서 나는 김을 바라보
는 아들이 된다.

국수 하면 백석 시인의 '국수'가 먼저 떠오르지만 김종
해 선생님의 '잔치국수'도 떠오른다. 백석의 음식 시편을 배
울 때마다 김종해 시인의 시편을 함께 학생들에게 제시한
다. 국수는 질긴 생명력을 갖고 있으며, 한편으로는 삶을 위
로하는 음식이다. 잔치국수는 시장 골목뿐만 아니라 한 가
정의 부엌을 잔칫집으로 만든다. '한 그릇'으로 마음이 통한
다. 김종해 시인에게 국수는 어머니 손맛을 기억해낼 수 있
는 음식이다. 그래서 그에게 잔치국수는 잔치 때 먹는 음식
이라는 의미에 그치지 않는다. 잔치국수는 생명을 오래도록
보듬는 따스한 먹거리다. 5월 어버이날에 읽어도 좋은 시편
이다.

잔치국수

지금도 꿈을 꾸면
충무동 시장 안에는 우물이 있고
우물가는 언제나 시끌벅적하다
두레박을 던져 물을 길어올리면
두 개의 물통에 물이 넘치고
나는 아직도 키 작은 중학교 2학년

땅바닥에 물통이 닿을 듯 말 듯
물지게를 지고
어머니의 드럼통에 쏟아붓는다
양은솥에는 끓어오르는 멸치국물
대나무 소쿠리엔 국수 면발들이
허연 입김을 뿜어댄다
서러운 잔치가 끝났음에도
어머니는 잔치국수 다발을 다시 말아올린다
지금도 꿈을 꾸면
충무동 시장은 아직도 잔치판 속에 있다

5월은 가정의 달이다. 어린이날, 어버이날, 성년의날, 부부의날이 모두 5월에 있다. 스승의날도 5월이다. 5월이면 교실에서 김종해 선생님의 시를 읽어준다. 함께 읽는다. 음식은 어머니의 사랑이다. 그것은 영원히 변함없는 진리다. 부모님 은혜에 감사하는 마음을 갖자는 말을 아무리 지껄여도 학생들에게 감동을 주지는 못한다. 오히려 음식과 관련된 시를 잔잔하게 읊어주면 그게 더욱 효과가 있다. 그런 의미에서 김종해 선생님의 시편들은 인성교육 측면에서도 좋다. 이제 그는 해외여행을 끝내고 귀국하는 아내를 위해 밥상을 차린다.

오늘 저녁 아내를 위해/ 내가 차리는 어눌한 밥상/ 쌀 씻어 압

력밥솥에 안치고/ 시장에서 사온 제주 생물갈치/ 다진 마늘 고
추 파 양념간장 버무려서/ 냄비 안에 졸인다/ 아내를 위해 저녁
하늘은 바삐 저문다'

—「아내를 위해 밥상을 차리다」 중에서

　김종해 시인은 나의 스승이다. 나를 시인으로 인도했고,
끊임없이 나를 격려해 주셨다. 그리고 걸어가야 할 시의 행
보와 함께 존경할 만한 언행을 보여주셨다. 내게는 큰 스승
이다.

음유시인을 시문학사에
어떻게 기술해야 할까?

-대중가요와 시의 만남

　김종해, 장석주, 정한용, 오민석, 박정대, 김요일, 박완호, 성기완, 강정, 박후기, 장석원, 유영금, 김산, 이정오…… 나의 발품 안에서 볼 때 음악을 특별히 좋아하는 시인들이다.

　돌아가신 시인 중에는 김영랑과 김종삼의 삶이 음악과 뗄 수 없다. 강진이 고향인 김영랑은 거문고, 가야금, 북, 바이올린, 판소리, 성악이 수준급이었다고 한다. 사랑채 가득 레코드 음반이 산더미처럼 쌓였단다. 김종삼은 방송국에서 음악 프로그램이나 음악 담당자로 수십 년 동안 근무를 할 정도로 모차르트, 드뷔시, 말러, 바흐 등 고전음악에 조예가 깊었고 첼로와 트럼펫 연주에 심취했다고 한다. 노래하는 시인! 음악 감상에 빠진 시인! 연주하는 시인! 부럽다. 나는 노래에는 젬병이다.

노래하는 시인들은
멋있다

시는 가락을 품고 있다. 시는 스스로 가락을 풀어낸다. 시는 가락을 내준다.

노래는 시의 속성을 품고 있다. 음유시인吟遊詩人은 고대 혹은 중세 유럽에서 시와 노래를 짓는 이들을 일컫는 말이다. 음유시인은 하프나 작은북 연주에 뛰어나고, 노래를 부르며 로맨스를 낭송하고, 연극을 공연하는 배우이자 음악가이며, 시를 쓰는 시인이었다.

오늘날 음유시인이라고 일컬어지는 노래꾼들이 있다. 조동진, 한대수, 김현식, 유재하, 김광석, 조용필, 김추자, 시인과 촌장, 양희은, 정태춘, 신해철 등이다. 그들의 일부 가사와 노래를 시라고 규정할 수 있을까?

밥 딜런은 그가 지은 노래 가사의 문학성을 인정받아 2016년 노벨문학상까지 수여받았으니 현대적 의미의 음유시인으로 인정받은 셈이다. 밥 딜런과 쌍벽을 이루는 음유시인으로는 레너드 코헨이 있다. 밥 딜런과 마찬가지로 코헨도 오랫동안 노벨문학상 후보로 거론되어 왔다. 코헨은 1993년부터 여러 해 동안 선불교 수도원에서 생활했고, 정식으로 선종 승려가 되어 '지칸'이라는 법명을 받았다. 그의 외조부는 유대교의 랍비였고, 레너드는 늘 '종교는 내가 좋아하는 취미'라고 말했다. 코헨의 공연을 보고 눈물을 흘린 사람이 한둘이 아닐 정도로 분위기를 압도한다. 코헨의 목소리는 바싹 마른 담배를 아스팔트 바닥에 구두로 비벼끄는 것처럼 거칠고 삭막하며 단조롭다. 하지만 수십 년 전의 앨범을 열고 흑백 사진 수십 장을 들추듯 시대를 넘나드는 묘한 흡입력이 있다. 그의 음색은 황량, 침울, 우울, 불안을 담아내며 도시에서 부는 쓸쓸하고 탁하고 건조한 바람 냄새를 풍긴다. 문명 비판적이면서도 서정적이며 인간 본성을 건드리는 것, 그것이 음유시인의 본질이 아닐까.

시적인 대중가요는
얼마나 예술적인가

문학 수업 시간에 학생들에게 대중가요 가사를 뒤적이게 했다. 그리고 매우 시적인 대중가요의 가사 몇 구절을 찾아서 PPT로 발표하고 그것이 왜 시적인지를 물었다. 대중가요 가사의 일부분만으로 '시답다'라고 단정하는 것은 시에 대한 모독일 수도 있겠지만, 대중가요의 가사에도 시적인 표현이 많다는 것을 상기하는 것도 좋겠다는 생각을 했다. 학생들이 뽑은 시적인 노래 가사를 나열하면 다음과 같다.

　□ 빛나는 별들을 천천히 이어가며 나를 그려주기를
　□ 오늘도 달리고 달리고 달리고 살리고 살리고 살리고
　□ 가시처럼 깊게 박힌 기억은 아파도 아픈 줄을 모르고

□ 젖은 우산 같은 마음도 마를 것 같아

□ 내 꺼인 듯 내 꺼 아닌 내 꺼 같은 너

□ 지나간 것은 지나간 대로 그런 의미가 있죠

□ 너에게 난 해질 녘 노을처럼 한 편의 아름다운 추억이 되고

□ 꼬마야 약해지지 마 슬픔을 혼자 안고 살지는 마

□ 꽃잎이 내 마음을 흔들고 꽃잎이 내 눈을 적셔와

□ 기억의 무게에 고개 숙여보니 버려진 듯 풀어진 내 신발끈

□ 쓸쓸한 기분에 유리창을 열어 내민 두 손 위로 떨어진 빗방울

□ 비에 젖어 너도 섰고 갈 곳 없는 나도 섰다

□ 멍 뚫린 내 가슴에 서러움이 물 흐르면

□ 하늘마저 어두워진 나무리 벌판아 길 떠나는 우리 아들 조심하거라

□ 산에서 만나는 고독과 악수하며 그대로 산이 된들 또 어떠리

□ 너 늙어봤냐 나는 젊어봤단다

□ 점점 더 멀어져간다 머물러 있는 청춘인 줄 알았는데

□ 시간은 조금씩 우리를 갈라놓는데

□ 갈매기 나래 위에 시를 적어 띄우는

□ 꽃이 피면 같이 웃고 꽃이 지면 같이 울던

□ 살며시 눈 감고 들어봐요 먼 대지 위로 달리는 사나운 말처럼

□ 실없이 던지는 농담 사이로 짙은 색소폰 소릴 들어보렴

□ 첫사랑 그 소녀는 어디에서 나처럼 늙어갈까

□ 내가 님 찾는 떠돌이라면 이 세상 끝까지 가겠소

□ 인생은 미완성 새기다 마는 조각

□ 저 가는 세월 속에 빈손으로 가는 것 그것은 인생

□ 바람 부는 날에 바람으로 비 오면 비에 젖어 사는 거지

□ 그리움에 지쳐서 울다 지쳐서 꽃잎은 빨갛게 멍이 들었소

□ 바람이 불면 파도가 울고 배 떠나면 나도 운단다

□ 이슬처럼 꺼진 꿈속에는 잊지 못할 그대 눈동자 샛별같이 십자성같이 가슴에 어린다

□ 쌍고동 울어울어 연락선은 떠난다

□ 마른 꽃 걸린 창가에 앉아 외로움을 마셔요

□ 한 줄기 연기처럼 가뭇없이 사라져도 빛나는 불꽃처럼 타올라야지

□ 내 맘속엔 또 내가 서로 부딪치며 흘러가고 강가에는 안개가 안개가 또 가득 흘러가오

□ 웃는 저 꽃과 우는 저 새들이 그 운명이 모두 다 같구나

음유시인도
시를 잘 쓰는 시인일까

무모할지 모르겠지만 조용필을 음유시인이라고 불러본다. 조용필은 입은 작지만 콧구멍 음량과 성량은 독보적이다. 언뜻 막걸리 먹고 부르는 촌스런 창법처럼 들리기도 하지만 조용필의 비음은 무언가에 신비롭게 감싸인 듯한 웅얼거림과 저주파, 바이브레이션, 콧노래, 허밍, 깊은 소울이 있다. 하늘이 내려준 비음이다. 조용필의 비성은 여러 창법과

섞어 쓰일 때 특히 빛을 발한다. 저, 중, 고음에서의 파장이 상당히 비슷하지만, 두성을 사용해서 고음으로 치고 올라갈 때는 판소리꾼처럼 목이 터지고 온몸이 폭발한다.

조용필은 빠른 템포의 곡을 부를 때도 슬픈 느낌이 난다. 선율이 좋고 리듬의 구성이 다양하며 화성의 진행이 자연스럽다. 노래 없이 반주만 들어도 좋을 만큼 반주가 좋다. 마치 교향곡을 듣는 느낌이다. 중요한 부분에서 반음을 살짝 떨어뜨리는데 그게 매력적이다.

또한 풍성한 사운드를 뚫고 나오는 조용필의 목소리에는 가슴속의 격정을 토해내는 절규, 샤우팅 기법이 있는데 소름이 돋는다. 조용필은 록(「미지의 세계」), 팝(「Jungle City」), 발라드(「슬픈 베아트리체」), 블루스(「대전 블루스」), 민요(「자존심」), 트롯(「허공」), 동요(「난 아니야」), 오페라(「도시의 Opera」), 재즈, 클래식, 심지어 일렉트로닉까지 거의 모든 장르를 섭렵했다. 안토닌 드보르작의 9번 교향곡(「신세계 교향곡」)에 가사를 붙인 「내일을 위해」라는 곡에서는 오페라가 아닌 클래식을 섭렵했다.

가사가 매우 의미심장하고 시적이고 존재론적이다. 음유시인이라고 불러도 좋겠다.

　　□ 살면서 듣게 될까 언젠가는 바람의 노래를/ 세월 가면 그때는 알게 될까 꽃이 지는 이유를―「바람의 노래」 중에서
　　□ 꿈은 하늘에서 잠자고 추억은 구름 따라 흐르고 친구여 ―「친

구여」 중에서

    □ 이별을 알면서도 사랑에 빠지고 차 한 잔을 함께 마셔도 기쁨에 떨렸네 ―「서울 서울 서울」 중에서

    □ 한 줄기 바람 되어 거리에 서면 그대는 가로등 되어 내 곁에 머무네 ―「창 밖의 여자」 중에서

    가사만 따로 모아놓고 읽어보면 정말 시적이구나! 시로구나! 감탄을 하게 된다. 음유시인! 우리 국문학사의 한 꼭지로서 손색이 없는 시적 장르가 아닐까 싶다. 고등학교 문학 교과서의 소단원 모서리에 음유시인을 비추는 조명등이 켜지고 액자가 걸릴 수 있을까? 문학 시간에 학생들과 선생님이 대중가요를 부르고, 음유시인의 노랫말을 흥얼거리면서 문학과 음악을 넘나들며 수업을 할 수 있을까. 쉽지 않을 것이다.

밥 딜런, 조용필이 문학 교과서에 실릴 수 있을까?

-김유중과 장석주의 견해

밥 딜런이 2016년 노벨문학상을 받은 것은 몹시 충격이었다. 그 당시 문학 수업 시간에 학생들의 질문을 많이 받았다. 고등학교 선생님들 사이에서도 의견이 분분했다. 그래서 실례를 무릅쓰고 서울대 김유중 교수, 장석주 시인에게 메일을 보내 의견을 여쭈었다. 전혀 정제되지 않은 당돌하고 투박한 질문이었다. 이에 대해 두 분 선생님께서는 황송하게도 정성껏 답변을 주셨다. 고등학교 현장에서 문학사를 이해하는 데 큰 도움이 되었다. 정말 고마운 일이다.

당돌하고
투박한 질문

질문1) 한국현대문학사에서 대중소설(장르소설, 통속소설, 판타지소설, 무협소설, 추리소설, SF소설, 환상소설)을 문학사의 구석지에 꼭지로라도 다루고 있는 책이 있을까?

　김유중 교수 답변　기존의 문학사에서 대중문학을 본격적으로 다룬 예는 아직 보지 못했습니다. 다만 근대소설이라는 게 원래 출발이 대중적인 장르다 보니 본격소설과 대중소설을 구분한다는 것 자체가 조금 애매하기는 합니다. 가령 이광수나 김동인의 소설도 발표 당시에는 상당한 대중적인 호응을 불러 모았으므로 대중소설의 범주에 들 수 있겠지요. 굳이 박계주나 김말봉, 김광주 등을 거론하지 않았다 하더라도 말입니다. 이 문제는 아마도 1970년대, 1980년대 이후의 소설에 대한 연구가 축적되고 소설사적인 정리 작업이 본격화될 경우에는 분명히 변화가 있을 것으로 봅니다.

　장석주 시인 답변　내 독서 범주에 한정해서 말하자면 우리 문학사에서 대중소설들은 거의 다루고 있지 않아요. 김현, 김윤식이 공저한 『한국문학사』에서 최근 이광호의 『시선의 문학사』에 이르기까지 대중문학은 엄격하게 배제하고 걸러내지요. 우리 문학의 견결한 보수주의와 굳건한 순수주의 때문이겠지요. 내가 『20세기 한국문학의 탐험』을 쓸 때 김수현의 드라마가 1980년대에서 1990년대에 걸쳐 대중에게 끼친 영향력을 높이 평가해서 꽤 비중 있게 다룬 적이 있는데, 아마 그것도 처음일 거예요.

(질문2)　　지금까지 출간된 한국현대문학사에서 혹시 최찬식,

김말봉, 김내성, 정비석, 김홍신, 김성종, 김진명 등의 소설이 한 꼭지로라도 다루어지고 있는 책이 있는지요?

김유중 교수 답변　제가 읽어본 범위 내에서는 이들을 꼭지로까지 다룬 예는 없지 싶습니다. 물론 최찬식의 경우 신소설 작가로 문학사적인 중요성을 인정받는 존재이기에 단편적으로나마 다루고는 있지만, 문학사 기술에서는 이인직이나 이해조 등에 비해 비중면에서 소외되고 있지 않나 싶습니다.

장석주 시인 답변　정통 문학사에서 최찬식, 김말봉, 김내성, 정비석, 김홍신, 김성종, 김진명의 소설이 진지하게 다뤄진 것을 아직까지 읽지 못했어요. 내 경우 새로운 문학사가 씌어진다면 '대중문학'도 거론되어야 한다는 당위성을 지지합니다. 최근 '장르문학'의 비중이 커지는 것과 동시에 장르문학과 순수문학의 경계가 희미해지는 것을 볼 때 그 당위성이 더 힘을 받겠지요. 포스트모더니즘이 문학의 장 안에서 활발하게 논의되기 시작한 1990년대 초반 대중문학과 순수문학에 대한 논쟁이 《경향신문》을 중심으로 펼쳐졌던 적이 있어요. 그때 나는 문학의 범주를 더 넓혀야 한다는 쪽의 글을 기고했었는데, 『남자의 여자』를 쓴 김한길이나 『경마장 가는 길』을 쓴 하일지 같은 작가를 새로운 시각에서 평가해야 한다고 생각했어요.

질문3　지금까지 출간된 한국현대문학사에서 김민기, 정태춘, 김광석, 한대수, 조용필 등의 음유시인을 시인으로 다룬 책이 있는지요?

김유중 교수 답변　기존 시사에선 물론 다루지 않습니다. 근대시 이래 활자화된 매체를 통해 묵독 위주로 감상되는 작품들을 전제로 연구 및 정리 작업이 이루어진 것이 사실이니까요. 그러나 국문학 전공자들 중 일부가 이런 문제에 관심을 가지고 쓴 책들이 있고, 앞으로 해방 이후 시사 정리에 있어서는 한번 생각해 볼 문제가 아닌가 합니다. 경우는 좀 다르지만 시인이 쓴 시들 가운데 상당수가 가요 등으로 불리면서 대중들의 사랑을 받는 예는 흔히 있습니다. 정호승이 대표적인 경우인데, 개인적으로는 가수나 작사가가 쓴 노랫말 중에서 정호승 시 못지않은 작품들도 꽤 있다고 판단합니다.

장석주 시인 답변　지금까지 이연실, 김민기, 정태춘, 김광석, 한대수, 조용필 등의 가수를 시인으로 기술한 책은 단 한 권도 없어요. 앞으로도 우리 문학사에서 이들 대중가요 작사가들이 문학의 중요 자원으로 기술될 가능성은 거의 없다고 봅니다. 그런 맥락에서 밥 딜런이 노벨문학상을 수상한 걸 두고 많은 비평가들(유종호, 김화영 등)이 당혹해하고, 심지어는 '코미디'나 '해프닝'이라는 반응을 보였지요. 나 역시 밀란 쿤데라나 필립 노스, 아도니스처럼 평생 문학을 위해 헌신한 분들을 제치고 밥 딜런이 노벨문학상을 받은 점에 대해서는 흔쾌히 받아들이기 어려웠어요. 아마 밥 딜런 노벨문학상 수상을 두고 꽤 오래 논쟁이 있을 거라고 생각해요.

질문4 밥 딜런은 우리나라의 음유시인들과는 뭔가 품격이 다른 분이겠죠?

김유중 교수 답변 꾸준히 후보에 오르내리는 것으로 보아 그가 노벨상을 탈지도 모른다는 생각은 하긴 했지만, 솔직히 정말 탈 줄은 몰랐습니다. 노랫말만큼은 시에 못지않은 품격이 있는 것이 맞지만, 아무래도 미국에서 활동하는 유명가수였다는 게 작용하지 않았다면 거짓말이겠지요. 그가 지은 노랫말을 자세히 알지는 못하기에 섣불리 말하는 것은 어렵습니다. 그러나 해외나 우리나라나 웬만한 시인의 시보다도 더 시적인 가사, 철학적인 주제의식들이 돋보이는 가수는 어디든 있습니다.

이제까지 국문과 수업에서 아동문학이나 대중문학, 방송, 영화, 게임 서사와 같은 부분들은 논외로 쳐왔는데, 이 부분에 대한 개선도 필요하다고 봅니다. 다만 서두를 필요는 없다고 봅니다. 국문과에서 현대문학 전공이 본 궤도에 오르기까지는 거의 30, 40년의 세월이 필요했습니다. 강요를 통한 인위적인 변화보다는 자체 내의 필요성 인식과 공감대 형성이 더 중요하다고 봅니다.

장석주 시인 답변 내 판단에 정통 문학사가 지속적으로 배제한 대중문학(다양한 주변부 장르의 문학들)에 대한 새로운 문학사가 써져야 한다고 생각해요. SF, 판타지, 추리문학 등을 포함하여 드라마, 가요 등등 주변부 장르들을 포괄해서 살펴보고 그 가능성을 평가하는 비평가들이 나와야겠지요.

문학에는 나쁜 장르와
좋은 장르가 있을까?

학생들은 대중문화에서 더 큰 영향을 받는다. 판타지문학, 귀신문학, 장르문학, 환상문학을 더 많이 읽고, 더 큰 영감이나 감동을 받는다. 프랑스 소설가 베르나르 베르베르는 지식 기반, 백과사전, 죽음과 영성, 과학, 판타지 등을 변주해 왔다. 장르는 '공상과학(SF)+추리+판타지'로, 한국 청소년 독자들이 정말 좋아하는 소설가다. 소설의 영역에서 볼 때 프랑스는 한국보다 훨씬 확장성과 포용성이 넓다는 것을 시사한다.

슈퍼마켓의 진열대를 채운 환상문학, 영웅판타지, SF, 추리, 스릴러, 공포 소설을 좋은 문학이라고 할 수 있을까? 재미와 위트와 상상력과 추리력과 논리력과 표현법과 풍부하고 튼튼한 서사 구조를 보여준다면 어떤 장르의 문학이라도 높게 평가받아야 한다. 그렇다면 고등학교 문학 교과서에도 장르문학 작품들이 등장하고, 수업 시간에 배우고, 수능 시험에도 출제되어야 한다. 그게 가능할까?

밥 딜런의 노래, 조용필이나 정태춘의 노래가 문학 교과서에 실릴 수 있을까? 문학사의 한 구석에 기술이 될 수 있을까? 앞서 「음유시인을 시문학사에 어떻게 기술해야 할까?」라는 글에서 우리나라의 여러 음유시인, 한국의 밥 딜런을 언급했다. 그리고 사견이긴 하지만 조용필 노래와 가사의 특징을 살펴보았다.

요즘은 트롯 신드롬이 초대형 태풍으로 전국을 강타하고 있다. 고등학생들도 '미스터트롯'을 들으면서 공부를 한다고 한다. 쉽게 사라질 트렌드가 아니다. 더 나아가 트롯 한류 열풍까지 불고 있다. 전 국민이 열광하고 있다. 한恨과 흥興과 기교와 몰입도에서 시의 효용성을 능가하고 있다. 불후의 명곡! 문학 작품에도 있지만 대중가요에도 보석처럼 널려 있다. 문화 콘텐츠는 경계를 허물고 서로 넘나들고 서로를 인정하고 스며들어야 할 것이다.

벼락 치듯 나를 전율시킨 문장을 찾아볼까?

-최고의 시 구절 찾기

"여러분, 시를 읽을 때 혹시 전율감을 느껴보셨나요? 부르르 떨리는 느낌! 소름 돋는 느낌! 찐한 감동! 뭉클한 감동!"

"글쎄요."

시를 읽으면서 감동의 물결이 밀려오는 느낌을 받은 학생이 거의 없구나. 아! 학생들의 심장에 꽂히는 시란 어떤 시일까?

"가장 좋은 느낌으로 와 닿았던 시 구절을 다음 시간까지 조사해 와서 발표해 주세요."

"선생님, 예를 들어주세요."

나는 학생들에게 『벼락 치듯 나를 전율시킨 최고의 시구』(문학세계사)라는 책을 소개했다. 계간 《시인세계》는 2009년 겨울호에서 한국 현대시 100년간 우리 시인들을 사로잡았던 '벼락치듯 나를 전율시킨 최고의 시구'가 무엇이었는지 알아보았다. 한국 시단을 대표하는 109명의 시인 및 평론가들이 고백성사하듯 밝힌 한국 현대시사 최고의 순간, 황홀한 절정을 맛보게 한 가장 빛나는 표현들은 한 시대와 사회를 거치는 동안 시 속의 시, 시 속에 압축된 시 예술의 백미가 무엇인가를 보여주었다.

이것을 고등학교 문학 시간에 다루지 않으면 안 될 것 같았다. 만사 제쳐두고 이것은 반드시 수업 시간에 다루어야 한다고 생각했다. 가장 좋아하는 시 구절! 감동을 사무치게 주는 시 구절! 벼락 치듯 전율시키는 시 구절! 이런 것 몇 구절 외우게 하는 것이 문학 시간에 해야 할 일이 아니겠는가! 시 교육의 핵심은 암송이 아니던가!

벼락 치듯 나를 전율시키는
최고의 시구

시인과 평론가들은 김수영, 서정주, 정지용, 이상, 백석, 윤동주, 김종삼, 김소월, 한용운, 이성복, 고은, 기형도 등의 시에서 벼락치듯 전율시키는 시 구절을 뽑아내었다.

□ 꽃을 주세요. 우리의 고뇌를 위해/ 꽃을 주세요. 뜻밖의 일을 위해서/ 꽃을 주세요. 아까와는 다른 시간을 위해서 ―김수영, 「꽃잎 2」 중에서

□ 사람이란 사람이 모두 고민하고 있는 어두운 대지를 차고 이

륙하는 것이 이다지도 힘이 들지 않는다는 것을 처음 깨달은 것은 우매한 나라의 어린 시인들이었다 —김수영, 「헬리콥터」 중에서

　□ 나를 키운 건 팔할이 바람이다 —서정주, 「자화상」 중에서

　□ 껍데기는 가라./ 사월도 알맹이만 남고/ 껍데기는 가라 —신동엽, 「껍데기는 가라」 중에서

　□ 흐르는 것이 물뿐이랴/ 우리가 저와 같아서/ 강변에 나가 삽을 씻으며/ 저기 슬픔도 퍼다 버리다 —정희성, 「저문 강에 삽을 씻고」 중에서

　□ 나는 너무나 자주 설움과 입을 맞추었기 때문에/ 가을 바람에 늙어가는/ 거미처럼 몸이 까맣게 타버렸다 —김수영, 「거미」 중에서

　□ 거울속의나는왼손잽이요/ 내악수를받을줄모르는—악수를모르는왼손잽이요 —이상, 「거울」 중에서

　□ 아아 사시나무 그림자 가득 찬 세상 —기형도, 「밤눈」 중에서

　□ 죽는 날까지 하늘을 우러러/ 한 점 부끄럼이 없기를/ 잎새에 이는 바람에도/ 나는 괴로워했다 —윤동주, 「서시」 중에서

　□ 우리 세 식구의 밥줄을 쥐고 있는 사장님은/ 나의 하늘이다 —박노해, 「하늘」 중에서

　□ 새들도 세상을 뜨는구나 —황지우, 「새들도 세상을 뜨는구나」 중에서

　□ 관 뚜껑을 미는 힘으로 나는 하늘을 바라본다 —이성복, 「아주 흐린 날의 기억」 중에서

　□ 백금처럼 빛나는 노년을 살자 —구상, 「노경」 중에서

　□ 새벽에 쫓아나가 빈 거리를 다 찾아도/ 그리운 것은 문이 되어

닫혀 있어라 —고은, 「작은 노래」 중에서

□ 인생은 살기 어렵다는데/ 시가 이렇게 쉽게 씌어지는 것은/ 부끄러운 일이다 —윤동주, 「쉽게 씌어진 시」 중에서

□ 울음이 타는 가을 강 —박재삼, 「울음이 타는 가을 강」 중에서

□ 모닥불은 어려서 우리 할아버지가 어미아비 없는 서러운 아이로/ 불상하니도 몽둥발이가 된 슬픈 역사가 있다 —백석, 「모닥불」 중에서

□ 먼 길에 올 제/ 호올로 되어 외로울 제/ 푸라타나스/ 너는 그 길을 나와 같이 걸었다 —김현승, 「푸라타나스」 중에서

□ 석유 먹은듯—석유 먹은 듯—가쁜 숨결이야 —서정주, 「화사」 중에서

□ 타고 남은 재가 다시 기름이 됩니다 —한용운, 「알 수 없어요」 중에서

□ 산에/ 산에/ 피는 꽃은/ 저만치 혼자서 피어 있네 —김소월, 「산유화」 중에서

□ 길은 아침에서 저녁으로 저녁에서 아침으로 통했습니다 —윤동주, 「길」 중에서

□ 누군가 목에 칼을 맞고 쓰러져 있다/ 흥건하게 흘러 번진 피/ 그 자리에 바다만큼 침묵이 고여 있다 —이형기, 「황혼」 중에서

□ 침묵을 달아나지 못하게 하느라 나는 거의 고통스러웠다 —기형도, 「기억할 만한 지나침」 중에서

짜릿한 문장은
차고 넘쳤다

"선생님, 멋진 구절을 꼭 시에서만 찾아와야 하나요?"

"아니지. 소설, 수필, 동화, 과학책 어디서든 괜찮아. 여러분들을 짜릿하게 전율시킨 구절이라면 어떤 책이든 괜찮아. 적어도 두 문장을 찾아오고 그 이유를 적어내도록. 수행평가에 5점 반영할 거야. 알았지?"

어떤 학생은 '지금 세상 어디선가 누군가 울고 있다/ 세상에서 이유 없이 울고 있는 사람은/ 나 때문에 울고 있다'로 이어지는 릴케의 시를 적어 왔다. '삶이 그대를 속일지라도 슬퍼하거나 노하지 말라'는 푸시킨의 시 구절을 적어 온 학생도 있었다. '구이경지久而敬之, 즉 오래된 사이라도 변함없이 공경한다'는 『논어』의 한 구절을 발표하기도 했다. 이장욱, 김애란, 박민규, 윤동주, 이상 등의 글에서 기막힌 구절을 찾아와 발표한 학생도 있었다.

어떤 학생은 재밌고 유머러스한 개그의 언어를 찾아와 발표했다. '벼락치듯 나를 전율시킨 문장 찾아와서 발표하기' 수업에서 가장 놀라움을 준 발표였다.

"설마 믿는 순두부에 이빨 빠개지는 일은 없겠지."

"아니, 그게 무슨 샌드위치에서 미나리 나오는 소리?"

"100년 묵은 육포처럼 질긴 고집이구먼."

이런 표현들은 혓바닥을 자극하는 미각 언어다. 이 시대

사람들은 식도락을 통해 살아 있음을 느끼고 삶의 의미마저 부여했다. 그 맛과 향이 양념처럼 언어 속에 녹아 있다.

"생긴 것이 저화질이라 죄송합니다."

"아주 200만 화소로 꼴값을……."

"그녀를 바로 앞에서 봤다니, 그 시신경을 제가 거액에 삽니다."

"안구야, 힘을 내."

이런 표현들은 시각 언어다. 비주얼 중심 시대는 가상현실이든 증강현실이든 보여주고 보는 것이 정보 교환의 중심이 됐다. 이러한 가치는 육체적·해부학적으로 시각 메커니즘을 파고들었다. 이에 따라 해상도라는 기술적 지표가 퀄리티(품질)의 기준이 됐다.

감각을 더 적극적으로 전달하기 위해 이 시대는 온몸을 뒤틀어 표현한다. '쓸데없는 걱정일랑 모공 깊숙이 숨겨두고', '너무 놀라서 염통이 쫄깃해졌어', '비밀이 노인네 소변처럼 찔끔찔끔 새어나가는 느낌', '올록볼록 엠보싱처럼 소름 돋는다', '더워서 몸에서 고기 삶는 냄새가 풍기네', '후비면 후빌수록 더 안쪽으로 들어가버리는 코딱지 같았던 짜증 나는 나날들', '온몸의 땀구멍이 입이라도 할 말 없구나' 등은 신체 구석구석을 감각 언어에 동원한 것들이다.

다른 학급에 들어가서 이런 얘기를 해주고, 재밌고 웃기고 재치가 넘치는 일상 대화체의 문장을 만드는 수업을 진행했다.

"여러분, 뛰어난 화술! 재밌고 웃긴 대화체의 문장을 만들어 봅시다."

수업 시간에 더 많이 웃고, 더 많이 교감하고, 더 잘 가르치고, 더 잘 소통하는 문학 수업. 기막힌 유머와 기막힌 표현은 문학 수업의 중요한 일면일지도 모른다.

'뛰어난 비주얼의 스포츠카가 내 시신경을 열심히 마사지하는구나', '백팔번뇌스러운 문학 공부여!'

'벼락치듯 나를 전율시킨 문장 찾아와서 발표하기'라는 문학 수업은 결국 위트, 기지, 재치가 넘치는 짜릿한 문장 구사하기 수업으로 확장되었지만 오히려 그것이 문학 수업의 올바른 방향이었고, 더 의미 있는 수업이었다. 학생들은 지그재그 삐뚤빼뚤 샛길로 빠지는 듯하면서도 결국 가장 멋지고 훌륭한 활동을 했다. 학생 활동 수업은 이런 면에서 교사 중심, 교과서 중심 수업보다도 더 큰 수확을 보여주었다.

물질은 인간보다 더 큰
상상력을 지녔을까?

–물질적 상상력

 "얘들아, 물질도 상상력을 지니고 있다는 말을 어떻게 생 각하니?"

 "그럴 리가요? 또 엉뚱한 수업 하려는 거죠?"

 "과학자들에 의하면 우주, 지구, 광물, 지하의 세계를 우 리 인간은 고작 1퍼센트도 이해하지 못하고 있다고 해. 99퍼 센트는 미지의 영역이야. 신비의 영역이야. 인간의 상상력 을 초월해서 어마어마하게 신비롭고 경이로운 세계가 대자 연 속에 펼쳐져 있지. 대자연의 신비를 마음껏 펼쳐놓은 것 은 누구의 광활한 상상력일까?"

 "빛은 우주적 상상력이다. 가능한 비유일까? 물질은 정신 의 상상력이다. 가능한 비유일까?"

 "어, 가능할 것 같은데요."

 "그래? 물질은 인간보다 더 큰 상상력을 지닌 존재들이다. 이 문장도 가능할까? 실제로 가능할까? 과학적으로 가능할까? 비유적으로 가능할까?"

문학 수업 시간은 묘한 매력이 있다. 문학적인 상상력을 작동시키면 어떤 문장도 살려낼 수 있다. 엉뚱한 이유와 삐딱한 논리와 인과성을 훌쩍 건너뛰는 직관을 동원해서 주저리주저리 쌀라쌀라 지껄이면 그럴싸한 문장이 된다.

□ Imagination rules the world(상상력이 세계를 지배한다). –나폴레옹 보나파르트의 말

□ Logic will get you from A to B. Imagination will take you everywhere(논리는 A에서 B에 이르는 것이지만 상상력은 무한대로 뻗는다). –알베르트 아인슈타인의 말 [6)]

6) 과학적 상상력과 시적 상상력의 구분은 정당한가? 박치완(한국외국어대학교), 2014.3

우주도, 지구도, 자연도, 물질도 상상력이 풍부하다

우리 학교에는 창의력 경시대회가 있다. 어느 해인가는 내가 창의력 경시대회 문제를 몇 문항 출제했다. 그때 낸 문제를 소개하면 다음과 같다.

질문 1000킬로미터 밖에 있는 애인과 핸드폰으로 통화하면서 20미터 앞에 있는 개 짖는 소리를 듣고 있다면 애인의 목소리와 개 짖는 소리 중 어느 것을 먼저 들을까?

정답 당연히 애인의 목소리다. 이유는······.

질문   자전거를 탄 채, 한쪽 모퉁이에서 신호를 기다리고 있는 여학생의 몸무게가 50킬로그램이라고 할 때, 0.09km/s로 속도를 내기 위해 페달을 점점 세게 굴리면 여학생의 몸무게는 어떻게 될까?

정답 여학생의 몸무게는 100킬로그램까지 증가한다. 그 이유는······.

이런 문제를 변형해서 통합교과 토론 수업을 종종 한다. 시인의 상상력을 자극하는 것 중의 하나가 위와 같은 문제처럼 '물리적 상상력'이다. 금속은 이 세상에서 가장 활달한 족속이다. 인간의 몸이나 흙, 바위 속의 전자들은 거의 움직이지 않고 감속 상태에 있다. 하지만 금, 철, 알루미늄, 실리콘, 반도체 등의 전자들은 순식간에 수천 킬로미터를 달리는 솜씨를 보여준다. 인간의 몸을 순식간에 통과한다. 나노신소재 반도체의 입장에서 보면, 인간의 몸은 무사히 관통할 수 있는 투명한 존재일 뿐이다. 전자, 원자의 입장에서 보면, 금속은 가장 활발한 에너지 활동을 하는 생명력을 지닌 존재들이다. 그것을 상상력이라고 하면 안 되나?

미래학자들은 로봇의 지능과 감성이 인간의 그것을 추월할 수도 있다는 예측을 한다. 인간은 지금도 금속 물질들의 지대한 도움을 받으며 살아가고 있다. 컴퓨터, 자동차, 내비게이션 등······. 휴대폰 속에 있는 소형 나노신소재 수신기에서는 끊임없는 우리 이웃과 내 영혼을 호출하고 송출하고 있다. 나노신소재 물질은 아직까지 인간에게 절대 복종하고 있지만 언젠가는 독자적인 전자 도약이 있을 것이다. 그때를 위해 나노신소재 물질은 야금야금 인간을 채굴하며 인간의 유전자를 분석하는 중이다.

머지않아 나노신소재 반도체 물질이 인공 지능과 인공 감성을 갖게 되면 인간처럼 사랑을 알게 되고, 인생의 의미를 논하게 될 것이다. 인공 지능이 시를 창작하는 시대가 도래할 것이다. 그때 우리는 어떤 문학 작품을 읽어야 하고, 시인은 어떤 시를 써야만 하는 것일까?

시인은 종종
물활론자가 된다

시인은 물질에게 말을 건다. 인격이 없는 존재에게 인격을 부여한다. 생명이 없는 존재에게 생명을 부여한다. 시인에게 대화의 대상은 무제한이다. 모든 존재에게 말을 건다. 의인법, 활유법! 이것은 가장 보편적이고도 기본적인 시적 표현이다. 시인은 모든 존재와 친구가 된다. 무생명체와 생명체를 순환시킨다. 물질과 생명의 순환!

새로운 물질을 발견하면서 인류의 과학 문명은 눈부신 속도로 발전한다. 차츰 물활론에 근거한 금속 담론의 우주적 상상력이 시의 자양분으로 더욱 필요하게 되지 않을까

싶다. 나노신소재, 반도체, 물질의 환상과 물활론이 가미된
시! 그리하여 시인의 상상력은 쿼크의 세계로, 원자와 이온
의 영역으로 질주해야 하는 것은 아닐까? 생명을 쪼개면 탄
소, 수소, 질소, 산소 등의 원소가 된다.

목성에 강이 있었다
　　　　　　허만하

샤갈의 하늘에는 비가 내리지 않지만
갈릴레오의 시선이 머물렀던 목성에는
강물이 흘렀던 자국이 있다

실체가 없는 흔적이
먼저 실체가 되는
영하의 무기질 세계

부패성 물질이 없는
무기질 세계의 순수

아득함을 혼자서 흘렀을 물길
무섭다! 시의 길.

'부패'라는 물질 현상은 유기물이 세균에 의해 쪼개져서

흙의 구성 성분으로 돌아가는 것을 말한다. 목성에는 유기물이 없다. 즉 부패가 존재할 수 없다. 썩는 현상이 없다는 것을 곧 순수한 세계라고 정의할 수 있지 않을까? '부패'라는 생명 현상이 존재하지 않는 무기질 세계야말로 진짜 '순수 세계'는 아닐까?

이런 관점은 물리학적인 관점에서 파악할 수 있는 독특한 서정성이다. 지구 안에서 일어나는 현상과 물리 법칙으로는 포착할 수 없는 서정이다. [7)]

7) 탐구3-시와 시적 표현물에서 만나는 무無의 논리, 허만하, 《시와세계》 66, 2019.6

오늘날 인간 풍경의 많은 부분은 금속 물질의 작용에 의한 것이다. 피스톤의 폭발음, 기어의 마찰음, 액셀의 회전음, 압축공기가 새는 소리, 스마트폰의 터치, 감성인식기능을 지닌 핸들 등이 우리의 손발을 조종하고 우리의 눈귀를 장악한다.

시 쓰기는 사물의 잔등에 돋아난 소름을 손가락으로 더듬어보는 것이다. 사물들은 움직이는 표적이다. 사물들은 세계의 낯선 비밀들이다. 사물들은 스스로 낯설게 하기를 시도한다. 인간이 대상을 낯설게 바라보기 이전에 자발적으로 자신을 순간적으로 변형시키고 새롭게 한다. 사물들은 스스로 변신하고, 행적을 드러내고, 감춘다. 사물들은 대부분의 시간을 침묵으로 일관하지만 세계의 비의를 보여줄 때 얼핏 과묵한 입을 연다.

나는 문학 수업 시간에 물리적 상상력을 작동시켜서 시 창작을 하는 시도를 한다. 수학 공식, 수학 기호, 과학 공식,

과학 기호, 과학 용어를 동원해서 시 창작을 해보도록 유도한다. 물질을 시적 화자로 설정해서 시 창작을 한다. 생명성과 정신성과 영혼과 감성을 지닌 물질을 시적 화자로 내세워서 시 창작을 한다. 수학자가 시인이며, 공대생이 시인이며, 과학자가 시인이며, 의사가 시인이며, 천체물리학자가 시인이다. 인간 영역을 탐구하는 물질이 시인이다. 새로운 세계를 탐구하는 존재들은 모두 시인이다. 인간의 물리적 상상력은 무한하다. 물질이 인간보다 더 큰 상상력을 지닌 존재인지도 모른다.

문학 시간에
사물이 철학을 할까?

-사물 시, 물건 시

"여러분! 사랑, 아픔, 영혼, 이별, 분노, 자아, 분열, 용서…… 이런 것을 사물이 할 수 있을까요?"

"넹?"

"사물이 주인공이 되는 시 창작을 하는 게 어때요?"

"의인법?"

"의인법을 쓰지 않아도 됩니다. 사물 그 자체의 무감정, 무생명성을 부각해도 됩니다."

"어? 그러면 그게 시가 되나요? 그냥 수학이나 물리, 화학, 지구과학 아닌가요?"

"그럴까요?"

"또 삐딱하게 나가시는 우리 문학 선생님!"

학생들이 투덜거린다. 남학교 고딩 학생들의 어법은 투박하고 거칠다. 교사인 나는 부드럽게 응대한다. 화를 내

면 꼰대 선생이 될 수도 있다. 너그럽게 웃음으로 받아쳐
야 한다.

"선생님, 사물이 좋은 시의 소재인가요?"

"그럼. 얘들아, 사물이 철학을 한다? 물건이 철학을 하고,
물건이 시를 쓴다? 들어봤니?"

학생들이 귀를 쫑긋한다. 수업은 호기심 자극이 우선이
다. 학생들의 호기심을 '사물事物'이 자극한다. 사물이 철학
을 한다고? 그럴싸한 문장처럼 보인다.

사물을 뛰어나게 분석하고
묘사한 작품들

사물은 물질세계에 존재하는 구체적이고 개별적인 대상
을 통틀어 이르는 말이다. 물건은 사물 중에서 주로 인간이
만들어서 사용하는 것이다.

실학자 이덕무는 사물을 구체적으로 표현하는 문체가 뛰
어났다. '말의 입술은 누에 입술과 비슷하고, 호도씨는 곧 부
화할 벌이나 나비 새끼 같으며, 쥐의 꼬리는 뱀과 비슷하고,
귀뚜라미 소리는 대나무 대롱에다 팥을 담아 흔드는 것 같
고……' [8] 등 물상物象의 참신한 표현을
다듬어 표현했다. '벽에 앉아 있는 모
기를 자세히 살펴보니 하나하나의 주
둥이 끝이 더부룩한 것이 마치 연꽃

8) 이덕무 초기 산문에서 공안
파 수용의 실천양상-서술기법의
특징적 면모를 중심으로, 권정원
(부산대학교), 2008.6

같았다. 화훼花卉, 즉 꽃 같은 주둥이라고 할 만하다'라는 문장도 썼다. 모기 주둥이를 연꽃 같다고 표현한 이덕무의 묘사 능력을 학생들에게 제시하면 학생들은 신기해하며 더욱 호기심을 보인다.

연암 박지원은 『열하일기』에서 온갖 물건을 세밀하게 분석했다. 청나라의 집과 성곽, 벽돌 사용 방법, 말 사육법, 배와 수레, 점포, 도자기, 가마, 의복 등 보고 들은 바를 소상하게 적었다. 청나라는 드넓은 땅에 거미줄처럼 뚫린 길, 물자와 사람을 싣고 수만 리를 이동하는 수백 가지의 다양한 수레를 상세하게 관찰하며 낙후된 조선이 나아갈 길도 제시했다. 벽돌 쌓는 법과 벽돌 가마의 구조적 장점, 중국의 강과 조선의 온돌방을 비교하여 쓰임을 고민했고, 시장 점포와 무지개다리의 유용성에 탄복했다.

박지원은 열하에서 생전 처음 본 코끼리를 묘사하기 위해 안간힘을 썼다. 기존에 알고 있던 그 어떤 동물로도 코끼리의 모습을 설명할 수 없어서 깊은 고뇌에 빠졌다.

"소의 몸뚱이에 나귀 꼬리, 낙타의 무릎에 호랑이 발, 귀는 구름을 드리운 듯하고, 눈은 초승달 같고, 어금니는 두 아름이나 되고, 키는 한 장丈 남짓이며, 코는 자벌레처럼 생겼다."[9]

코끼리 하나 제대로 설명할 수 없는 앎이라니! 이 '낯선 사물' 앞에서 현기증을 느끼는 박지원. 코끼리는 맹수인 호랑이를 코로 때려잡

9) 연행록의 '코끼리' 기사와 박지원의 「상기象記」, 이강엽(대구교육대학교), 2011.12

지만 하찮은 쥐 한 마리 앞에서는 쩔쩔맨다. 그렇다면 호랑이가 강한가, 쥐가 강한가? 사물에 대한 일반적 인식을 전복시키는 코끼리 앞에서 박지원은 '만물에 동일한 이치가 있을까?'라는 질문을 던지고 있었다.

코끼리를 통해 사물 인식에 있어서 '物물에 나아가 나를 본다면 나도 또한 物물 가운데 하나에 불과한 것이 아닌가卽物而視我 則我亦物之一也'라는 박지원의 철학은 성명性命이나 이기理氣와 같은 주자학의 철학적 사고로부터 벗어난 특이한 사고방식이었다.

『열하일기』에는 수많은 개별적인 존재(사물, 물건)들이 나왔다. 개별적인 존재(사물, 물건)들은 삶이라는 거대한 공간에 각각 하나의 점으로 배치되어 있다. 박지원은 사물(물건)을 관찰하고 분석하면서 견고한 거대 담론인 성리학이나 중화주의의 저항선을 뚫었다. 또한 그는 깨진 기와와 수레와 벽돌과 선박과 똥덩어리를 한없이 칭찬했다. 그런 개별적인 존재(사물, 물건)들은 새로운 감각, 새로운 사용법이라는 능동적인 힘을 지니고 있었다. 삶이라는 거대한 공간에 각각 하나의 점으로 놓여 있던 개별적 존재들은 저항선을 뚫고 나오면서 서로 겹쳐지고 섬광을 발생시켰다. 섬광의 조명 속에 세계의 비의秘意가 드러나고 있었다. 새로운 관계를 맺기 시작했다. 지금까지 경험하지 못했던 새로운 감각을 촉발시키고 있었다.

"우리 오늘은 '두부'라는 사물(물건)을 가지고 시나 수필을 한 편씩 써볼까?"

고등학교 문학 수업은 '사물 철학', '물건 철학'을 하는 시간이 되었다.

나는 수업 시간에 이영광의 시 「두부」, 송재학의 「사물 A와 B」, 김기택의 「귤」, 「껌」 등의 작품을 학생들에게 소개했다. 사물(물건)을 면밀하게 분석하고 묘사하는 힘이 뛰어난 작품들이다.

사물은 모양, 형태, 속성, 쓰임, 용도, 변화를 지니고 있고, 인간과 접촉하면서 인간 세계의 속성을 보여주는 존재들이다. 두부는 고체로서의 응고성이 핵심 속성이면서도 흐물흐물한 액체성을 드러내는 유연한 존재, 쉽게 깨지는 유약성을 지니면서도 모서리를 갖고 모가 나게 모질고 독하게 살아야 하는 속성을 지니고 있다. 두부는 인간의 삶을 드러내는 기막힌 사물이다.

'디카시'로 즐거운 문학 수업을 해볼까?

-매체 언어의 보석

고등학교에 『언어와 매체』라는 국어 교과서가 생겼다. 목차에 나오는 대단원, 소단원을 보면 '매체의 유형과 특성', '매체 언어의 특성', '매체 자료의 수용', '매체 자료의 생산', '매체 언어와 인간관계', '대중매체와 대중문화', '뉴미디어 시대의 복잡 양식성', '매체문화의 발전' 등이 있다. 고등학교 문학 교과서에도 '문학과 인접 분야와 매체'라는 대단원이 있고, '문학과 매체'라는 소단원이 있다. [10]

> 10) 2015 개정 교육과정에 따른 언어와 매체 교과서 비교 연구-'매체 언어'의 구현 양상을 중심으로, 서보영(서울대학교), 2019.6

현대문학에서 매체는 신문, 잡지, 단행본 등 인쇄 매체뿐만 아니라 라디오와 같은 음성 매체, 텔레비전, 영화, 애니메이션과 같은 영상 매체 등으로 나타난다. 최근에는 휴대 전화와 같은 전자 매체가 중요하게 부각되고 있다. ……디지털 기기의 환경에 맞추어 문학 작품의 형식이 바뀌기도 한다.

—고등학교 문학 교과서(좋은책신사고) 중에서

문학 분야에서의 매체 언어는 미술과 문학의 매체 변용성(상호 텍스트성), 소설과 애니메이션과 영화 넘나들기(인쇄 매체와 영상 매체 넘나들기) 등이 중점적으로 제기되고 있다.

2019년부터 가르치는 2015 개정 교육과정 문학 교과서의 '문학과 인접 분야와 매체' 단원에 수록된 작품을 보면, 「공무도하가」(고대가요와 영화 매체 넘나들기), 이효석의 「메밀꽃 필 무렵」(소설과 애니메이션과 드라마 넘나들기), 박상률의 「택배 상자 속의 어머니」(시와 만화 넘나들기), 윤태호의 『미생』(웹툰과 영화 넘나들기), 이정명의 『뿌리 깊은 나무』(소설과 드라마 넘나들기), 헤밍웨이의 『노인과 바다』(소설과 영화 넘나들기), 윤흥길의 『완장』(소설과 드라마 넘나들기), 조세희의 『난장이가 쏘아올린 작은 공』(소설과 드라마와 영화 넘나들기), 김광섭의 「저녁에」(시와 그림과 음악 넘나들기), 문태준의 「우리는 서로에게」(시와 만화 넘나들기), 박경리의 『토지』(소설과 만화와 영화 넘나들기), 김훈의 『남한산성』(소설과 영화 넘나들기) 등이 있다. 그리고 중고등학교 교과서에는 '디카시'라는 새로운 매체시가 실렸다.

디지털 영상 시대
새로운 시 쓰기의 탄생, '디카시'

오늘날 카톡, 페이스북, 인스타그램, 밴드, 트윗 등 디지털 SNS 환경에서 찍고 쓰는 글쓰기는 이제 남녀노소 누구나 할 수 있다. 영상과 문자의 하이브리드, 즉 멀티 언어로 소통하는 것이 일상화된 것이다. 이런 새로운 글쓰기 환경에서 '디카시'는 영상(사진)과 문자가 한 덩어리가 되어 시가 되는 멀티 언어 예술이다.[11] 디카시의 문자는 가급적 5행 이내로 제한된다. SNS를 통해 자신의 생각을 사진과 함께 실시간으로 공유해 순간의 시적 감흥을 담는 것이 특징이다. 시적 형상을 순간 포착하고 그 느낌이 날아가기 전에 문자로 표현하여 SNS로 실시간 소통한다.

11) 『디카시 창작 입문』, 이상옥, 북인, 2017

'디카시'라는 낱말은 국립국어원(2016년)에 문학 용어로 정식 등재되었고, 2018년에는 중고교 국어 교과서에 디카시 작품이 실렸으며, 2019년에는 개정판 창비 고등학교 교과서 '언어와 매체'에 윤예진의 디카시 「기다림」(제1회 황순원 디카시공모전 대상작)이 수록되었다. 또 2019년 6월 치러진 전국연합학력평가 고2 국어 시험에 공광규 시인의 디카시 「수련 초등학생」과 함께 디카시 창작 관련 지문 제시형 문제가 출제되기도 했다.

디카시는 자연이나 사물에서 포착한 순간의 시적 형상을

디지털카메라나 휴대폰 카메라로 찍어 문자로 재현하는 멀티 언어(영상+문자) 예술이다. 이상옥 시인은 '디카시의 화자는 사물과 자연의 입이고, 때로는 신의 대언자로서 전달의 통로'라고 하면서 디카시를 '멀티 언어 예술'이라고 명명하였다. '디카시'는 기술 문명의 힘, 미디어의 역할, 시인의 상상력, 문자의 언어 기능이 조화롭게 융합하여 생긴 '멀티 언어 예술'의 구현물이자 '다매체 시대의 테크노 언어 예술'이다.

창의력을 기르는 디카시 창작 수업

디카시 창작 수업 시간에 학생들은 핸드폰을 마음대로 쓸 수 있다. 교실 밖으로 나갈 수도 있다. 문학 동아리나 학급 자율활동 시간에 학교 밖으로 나가서 핸드폰 카메라를 들이대고, 그중에 마음에 드는 사진 한 장을 골라 즉흥적인 순간 포착의 영감을 적어나간다. 그리고 서로 공유하고 발표를 한다.

단순한 수업, 핸드폰을 마음대로 쓸 수 있는 수업, 짧은 글을 쓰는 수업, 발표하는 수업이다. 즉흥성! 직감! 영감! 순간 포착! 순간 대응 능력! 찰나의 미학! 극적 순간의 포착! 원초적인 상상력! 시적 장면의 포착 능력! 시적 충동의 발현! 날것 날이미지와의 짧은 만남! 학생들은 마냥 좋아한다. 복잡하게 추리하고 계산하고 분석할 필요가 없다. 생각을 깊이 할 필요도 없다. 얼마나 짜릿한가. 얼마나 신선한가. 생동감이 넘친다.

학생들이 쓴 디카시 몇 편을 소개한다. 이 중에는 중산고등학교 학생들이 창작한 디카시도 있는 반면, 최광임 시인이 논산 대건중학교에 가서 학생들과 창작한 디카시도 있다.

날씨

너의 기분이 좋으면 맑고
너의 기분이 좋지 않으면 흐리며 우는
참 정직하면서도
때때로 기분이 나빠도 맑게 웃는구나
결국 너도 나랑 같구나

−논산 대건중학교 학생 작품

가로등

내가 새를 업고 있다
내가 새를 업어주고 있다
내가 새와 속삭이고 있다

–중산고등학교 학생 작품

창문과 넝쿨

넝쿨이 창문 틈에서 나온다
창문이 넝쿨의 혈관으로 흐른다
저 집에는 어떤 시간이 살고 있을까

–중산고등학교 학생 작품

2

시가 나에게
툭툭 말을 건넨다

온라인수업이
미학적 본질에
어떤 변화를 줄까?

소통과 불통에서 동시에
희열을 느낄 수 있을까?

-소통과 불통은 친구

미래 인재의 핵심 능력 중 하나가 바로 소통 능력이다. 오늘날은 얼마나 불통의 시대인가? 자기주장만 옳다고 주장한다. 상대를 비방하고 판단을 흐리게 하는 가짜뉴스가 범람한다.

소통과 불통! 그래서 시인들이 만나면 '소통'과 '불통'이 화두다. 소통 부재가 문학의 위기라고 말하는 사람들도 있다. 과연 그런가?

다행히 고등학교 문학 교과서에는 불통의 시가 거의 없다. 아마도 검증 과정에서 모두 걸러졌을 가능성이 크다. 비록 교과서에 실리지 못했지만 불통의 시처럼 보이는 작품 중에 좋은 시가 많다.

불통의 시가 오히려
좋은 시다

최근 주목받는 젊은 시인이 이런 주장을 했다.

"나는 소통의 시를 추구하지 않습니다. 불통의 시야말로 진짜 시라고 생각합니다. 진정한 시인은 어떤 사물에 내재된 일반화된 의미를 벗어나야 합니다. 새롭고 낯선 정서를 전위적으로 추구하다 보면 규범적 인식이나 타인의 생각을 파쇄해야 합니다. 시인에게 규범은 파괴의 대상이기도 합니다. 오히려 소통은 전위적인 시 창작에 방해 요소가 됩니다. 결국 불통입니다. 불통이야말로 시의 모체입니다. 저는 불통의 시를 추구합니다."

나는 그 시인의 주장이 꽤 일리가 있다고 생각한다. 시 창작에 있어서 늘 따라붙는 화두는 '소통'의 문제다.

"도대체 못 알아듣겠어. 이해가 안 돼. 고집불통의 시야. 공감하지 못하는 시야."

"그런데 이해가 안 되는 시들 중에 이상한 매력이 느껴지는 시가 있어. 이끌림의 시가 있단 말이야. 왜 그렇지?"

이렇게 말하는 사람도 있다.

"쉽게 와 닿아. 쉬우면서도 감동을 주는 시야. 시를 굳이 어렵게 쓸 필요가 있나? 쉬우면서 감동을 주는 시가 좋은 시 아닌가?"

양쪽 다 그럴듯하다. 시의 편차와 스펙트럼은 다양할수

록 좋다. 시의 영역은 확장되고 팽창되어야 한다.

　오늘날은 '불통'의 사회다. 불투명한 사회, 불신의 사회, 극심한 세대차이나 빈부 격차, 복잡하게 얽힌 이해관계 등등 소통이 봉쇄되어 있다. 불평등과 불균형은 불통과 유사한 개념이다. 세계 경제는 침체와 불황의 늪을 벗어나지 못하고 있다. 진보와 보수는 귀를 닫고 서로를 헐뜯는다. 화해와 타협이 별로 없다. 온 세상이 불통 사회다.

쉬운 시도, 어려운 시도
본질은 인식의 깊이에 있다

　전위적인 작품은 평범한 일반 독자로서는 다소 이해하기 어렵다. 극소수의 고급 독자와 평론가만이 이해할 수 있을 뿐이다. 혹자는 말한다. 어쩌면 전위 의식을 표방한 문학은 콧대 높은 '그들만의 리그'이거나 일부 '마니아의 전유물'일 뿐이라고. 소통의 수단이나 매체가 크게 늘어났는데도 작가와 독자의 불통이 더 깊어지는 이유는 일부 전위 의식의 모사품에 매달리는 작가들과 이를 옹호하는 평론가들 때문이라고 주장한다.

　고등학교 문학 수업 시간에 소통과 불통에 대해 어떻게 얘기하는가? 남들은 어렵다고 하는 작품이 내게는 이상하게도 울림이 큰 작품이 있다. 독자마다 느끼는 온도 편차가 너무 커서 '소통과 불통의 시'는 논쟁 자체가 무의미할 수도 있다. 소통이건 불통이건 나름대로의 존재 영역과 가치가 존재하는 것이 아닌가 싶기도 하다. 다른 사람들이 미처 생각하지 못하는 것들을 앞당겨 표현했다면 독자들이 이해하지 못할 수도 있다. 불통이 일어난다. 하지만 언젠가는 소통 가능한 영역이 될 수도 있다. 과거와 현재에 충실한 시인보다 불확정적인 미래를 넘나들고자 노력하는 시인의 모습은 얼마나 가치 있는 일인가?

윤동주, 이육사, 정지용의 시는 쉬우면서도 깊이가 있다. 이상, 김수영, 오규원의 시는 어려우면서도 깊이가 있다. 양쪽 다 좋다. 결국 시 창작은 소통과 불통의 문제가 아니라고 본다. 시 창작은 쉬운 시, 어려운 시 쓰기의 문제도 아니라고 본다. 시의 본질은 결국 인식의 깊이에 있을 뿐이다.

반복하는 말이지만 예술적 가치는 규범보다는 탈규범을 추구할 때가 훨씬 많다. 즉 상식을 깬다. 광기를 긍정적으로 본다. 광기를 지닌 자들의 언어를 잘 보면 비문투성이인 경우가 있다. 술 먹고 외치는 소리! 환각 증세에서 뱉어내는 소리! 투사들의 절규하는 소리! 자폐증 아이의 꽁꽁 다물어진 자신만의 소리! 차라투스트라는 이렇게 말했다고 외치던 어느 초인의 목소리! 뼛속까지 내려가서 쓰라고 외치던 골드버그의 외침! 그들의 목소리에는 광기가 서려 있었고 규범 문법을 벗어난 문장을 사용할 수밖에 없었다. 규범 안에 갇히기를 단호히 거부했다. 들뢰즈의 『천개의 고원』이나, 박지원의 『열하일기』는 무척 어려운 책이라서 쉽게 읽히지 않는다. 도무지 소통하기 쉽지 않다. 그러나 소통하기 어려운 책을 소통이 될 때까지 반복해서 읽는 것, 이것이 공부라고 볼 수도 있다. 불통의 글과 부단히 내통하다 보면 새롭고 놀라운 인식을 찾아낼 때가 종종 있다.

'시가 쉬워야 한다'는 것은 일반 독자의 기대 심리에 불과하다. 시인은 그보다 더 본질적으로 접근해야만 한다. 김소월의 시는 쉬운 언어로 쉽게 쓴 시이다. 그런데 나는 읽을수록 김소월의 시가 어렵게 느껴진다. 한용운의 시는 약간 어렵게 쓴 시이다. 그런데 읽을수록 뭔가 쉽게 느껴진다. 이렇게 볼 때 쉽고 어려운 것이 문제가 아니다. 새로운 감각과 언어 표현이라면 소통의 시이건 불통의 시이건, 쉬운 시이건 어려운 시이건 모두 겸허히 받아들여야 한다.

시가 대중성을 잃을 때 정말로 좋은 작품이 나온다는 주장이 있다. 잘 팔리지 않는 시, 잘 팔리는 것과는 거리가 멀리 떨어진 시가 역설적으로 자유롭게 문학성을 추구할 수 있으리라는 예견이다. 열악한 여건을 견디며 시를 쓰는 건 시인의 몫이다. 시는 마이너 장르의 운명을 타고났다. 어쩌면 시라는 것은 대중과 상대적 절연감을 가질 수밖에 없는 장르적 숙명을 지닌 것이 아닐까.

젊은 시절에 '이 시는 낡았어.'라고 생각했던 시가 나이 오십 줄에 들어서서 다시 읽어보니 '너무 새로워. 많이 새로워.'라는 놀라운 느낌으로 다가오기도 한다.

소통과 불통, 시는 소통을 통해서도 희열을 느끼고, 불

통을 통해서도 이끌림을 느낀다. 잘 팔리지 않는 불통의
시를 수십 번 읽다 보면 새롭고 놀라운 인식에 도달하기도
한다.

글쟁이는 순간과 영원에 사로잡힌 사람들일까?

-순간이 곧 영원

초음속 우주비행사는 15분 만에 대서양을 횡단할 수 있다. 그런데 30초 만에 런던과 뉴욕을 왕복할 수 있는 비행기를 개발했다고 상상해 보자. 비행기 안에서 스튜어디스한테 우리가 어디쯤 날고 있는지 물어보면 다음과 같은 대답을 듣게 될 것이다.

"방금 뉴욕을 출발했습니다. 15초 지났습니다. 런던에 거의 다 왔습니다. 어머나! 우리는 지금 다시 뉴욕으로 돌아가고 있는 중입니다."

이렇게 되면 우리는 30초라는 짧은 시간에 지구 반대편에 있는 런던과 뉴욕, 그리고 두 도시의 경로에 있는 서울이라는 세 장소에 거의 동시에 존재한다고 볼 수 있다.

이제 빛만큼 빠르게 움직이는 비행체를 만들었다고 가정하자. 그 비행체는 매초 일곱 번 정도 지구 둘레를 회전할 수 있다. 이 비행체를 이용하면 우리는 1초 안에 지구의 모든 장소에 있는 것이나 마찬가지다. 따라서 우리는 지구 둘레에 우리의 위치를 나타내는 하나의 껍질을 형성하게 된다. 다시 말해 매우 짧은 시간에 우리는 지구의 모든 곳을 볼 수 있고, 모든 곳에 존재할 수 있다. 무소부재無所不在할 수 있다는 말이다.

문학은 순간, 찰나에서 태동한다

물리적이고 과학적인 속도를 문학의 상상력이 뛰어넘을 수도 있다. 직감直感! 문학을 하는 사람들은 직감이 뛰어나다. 직감은 사물이나 상황을 접했을 때, 그 실체나 진상에 대하여 그 자리에서 순간적으로 느끼어 앎, 또는 그런 감각을 일컫는다. 순간적으로 알아차리는 것! 번득이는 착상이 시인에게 불쑥 종종 다녀간다.

순간! 찰나! 즉각! 문학에서 빼놓을 수 없는 시간 단위인 것이다.

문학 시간에 학생들에게 '문학과 시간'에 대해 물었다. 학생들은 문학의 영원성을 먼저 떠올린다. 문학의 영원성이란 그 어느 시대에도 단절되지 않고 생명력을 갖고 다음 세대로 이어간다는 말이다. 즉, 문학은 시간적으로 영속되며 어느 시대의 독자에게도 읽힌다는 특성이 있다. 시간은 우주

생성의 근본이자 문학의 영원성을 상징한다.

그런데 학생들은 문학의 순간성을 거의 떠올리지 못한다. 영원성은 쉽게 떠올리지만 순간성을 말하는 학생은 거의 없다. 직관, 직감, 영감을 체험하기 위해서는 끊임없는 창작이 수반되어야 하는데 아마도 그것을 깊이 체험한 학생이 거의 없기 때문일 것이다. 영원과 불멸은 누구나 떠올리기 쉬우나 청소년들에게 찰나와 소멸은 떠올리기 쉬운 대상이 아닌가 보다.

모든 순간은 영원을 쪼갠
연속의 순간이다

모든 순간은 다양한 순간이다. 모든 순간은 여러 개의 잘게 쪼개진 연속의 순간이다. 파다다닥!

벌새의 날개짓은 시간의 미세한 쪼개짐처럼 보인다. 파다다닥! 벌새의 날갯짓은 무시간으로 잠입하기 위한 몸부림처럼 보인다. 그래도 또 다른 거대한 시간이 그 옆을 장구하게 흐르며 여러 우주를 흐르고 있다.

오늘 지금 우리 눈이 보고 있는 별들의 상은 수십 광년 전에 방사된 빛이 일정한 속도로 우주 공간의 여로를 거쳐 도달한 결과이다. 지금 우리가 보는 밤하늘의 반짝임은 지금은 소멸해 버린 먼 과거의 빛이라고 한다. 과거의 빛에 둘러싸인 우리는 그저 과거의 우주 공간을 뒤늦게 보고 있을 뿐이다. 우주는 우리에게 현재와 미래의 모습을 보여주지 않는다. 그렇다면 순간이란 무엇인가? 현재와 과거의 경계선은 어디인가?

지금 이 순간을 편의상 1초라고 지칭하자. 1초 안에 어떤 일들이 벌어질까? 우리가 생활을 하는 데 1초는 대단히 많은 곳에서 볼 수가 있다. 1초는 세슘 원자가 91억 9천 2백 63만 1천 7백 7십 번 진동하는 시간을 의미한다. 재채기할 때 나오는 침이 공기 저항이 없을 때 100미터를 날아가는 시간이 1초다. 대지를 적시는 빗방울 420톤이 내리는 시간이 1초다. 두꺼비의 혀가 풍뎅이를 낚아채는 시간이 1초다. 지구가 태양으로부터 486억KW의 에너지를 받는 시간이 1초다. 2.4명의 새로운 인간이 탄생하는 시간이 1초다. 5,700리터의 탄산음료와 51톤의 시멘트가 소모되며, 22명의 여행자들이 국경을 넘는 시간이 1초다. 우주의 시간 150억 년을 1년으로 축소할 때 인류가 역사를 만들어간 시간이 고작 1초다. 인간 세계에서 1,157명의 인간이 성관계를 맺고 있는 시간이 1초다. 1초 동안에 꿀벌과 집파리는 200회, 모기 500회 이상, 등에는 1,000회 이상 날갯짓을 한다.

속도의
상대성 이론

모든 포유류는 일생 동안 15억 번의 심장이 뛴다는 글을 과학 잡지에서 읽은 적이 있다. 인간도, 코끼리도, 치타도, 쥐도, 원숭이도 모두 15억 번의 심장이 뛴다는 것이다. 심장 박동과 호흡이 빠른 포유류의 시간은 빨리 흐르고, 그 동물이 바라보는 외부의 시간은 더디게 흐른다고 한다. 그러니까 심장 박동이 빠른 쥐는 구름과 바람이 움직이는 시간을 사자보다도 느리게 볼 수 있다는 말이다. 우리가 매우 빠른 타임머신을 탔을 때 외부 시간은 더욱 천천히 흘러갈 것이며 광속보다 더 빠른 타임머신을 탔을 때 외부 시간은 정지되었다가 거꾸로 과거로 흘러갈 수도 있는 이치와 같다. 다시 말해 속도의 상대성 이론이다!

파블로 네루다는 '내가 시를 썼다기보다는 시가 내게로 왔다.'고 말했다. 즉 영감이 전광석화처럼 떠오른 것이다. 시가 내게 불현듯 찰나에 찾아온 것이다. 시인은 그것을 빠르게 받아적는 존재다.

앞에서 나는 교육학적으로 '순간에 사로잡히는 능력'을 창의성을 지닌 사람의 특징이라고 소개했다. 순간에 사로잡힌다는 것은 그만큼 순간 몰입도가 높다는 뜻이다. 순간! 이것은 직감, 직관, 영감 능력이고, 벼락 치듯 다가오는 예술적 감흥이고, 찰나의 미학인 것이다.

몽상 수업을 하기 위해
새가 되어 볼까?

–꿈의 뿌리를 찾아서

『몽상의 시학』을 쓴 가스통 바슐라르는 상상력이야말로 인간이 가지고 있는 원초적인 능력이라고 했다. [12] 시적 몽상과 우주적인 몽상이 꿈꾸는 자들에게 가득하다. 시를 배우기 위해서는 몽상을 해야 할까? 몽상 수업을 해야 할까?

> 12) 『몽상의 시학(문예신서 340)』, 가스통 바슐라르 지음, 김웅권 옮김, 동문선, 2007

내가 근무하는 학교는 대모산 자락에 있다. 창문을 열면 숲이 보인다. 꿩, 고라니, 뻐꾸기 울음소리가 들리고, 가끔 뱀이 출몰하기도 한다. 여름이면 벌과 나비와 곤충들이 교실로 들어오는 곳이다. 뒷산의 까치, 직박구리, 딱따구리들이 유리창에 부딪혀 복도에 나뒹굴기도 한다. 도심 속에 있지만 숲속에 있다. 교실에서는 새소리를 하루 종일 들을 수 있다.

헛된 생각에
푹 빠져보는 시간입니다

"우리 모두 몽상가가 됩시다."

"여러분! 새가 됩시다."

나는 문학 시간에 학생들에게 몽상가가 되자고, 새가 되어보자고 제안한다.

"몽상은 실현 가능성이 없는 헛된 생각을 한다는 뜻입니다. 우리 모두 헛된 놈이 되어봅시다."

문학 교과서에 '몽상과 환상'이라는 단원이 있으면 좋겠다. 쓸모없는 생각이 쓸모있는 생각이 될 수도 있지 않을까? 쓸모없는 헛된 생각에 푹 빠져보는 시간을 가져보는 것이 문학 시간이 아닐까? 그런데 아직은 없다.

"여러분, 새가 됩시다."

"새에 대한 몽상을 마구 쏟아내시기 바랍니다. 이제부터 유체이탈을 해야 할 시간입니다."

참새, 까치, 까마귀, 비둘기, 꿩, 제비, 부엉이, 뻐꾸기, 꾀꼬리, 박새, 뱁새, 청둥오리, 가마우지, 두루미, 매, 종달새, 박쥐⋯⋯.

"여러분이 평소 접했던 새들을 떠올리면서 상상력과 몽상을 마음껏 펼쳐보세요. 자, 지금부터 어떤 문장이라도 괜찮으니 쏟아내 보세요."

"창공을 날아 보세요. 나뭇가지에 앉아 보세요. 활강해 보세요. 바람을 타보세요. 구름을 뚫고 가세요. 새의 밝은 시력이 되어보세요. 숲속으로 날아가세요.”

김광섭의 「성북동 비둘기」, 한하운의 「파랑새」, 박남수의 「새」, 황지우의 「새들도 세상을 뜨는구나」, 도종환의 「군무」, 문인수의 「동강의 높은 새」 등 새와 관련된 작품들을 배울 때면 샛길로 빠지게 된다. 모두 몽상가가 되어 몽상의 수업을 한다.

교사인 나는 MBC강변가요제 수상작이었던 〈바다새〉라는 노래를 흥얼거린다. 학생들이 키득거리면서 열심히 듣는다. 호응을 한다.

어두운 바닷가 홀로 나는 새야/ 갈 곳을 잃었나 하얀 바다새야

(중략)

모두 다 가고 없는데/ 바다도 잠이 드는데/ 새는 왜 날갯짓하며/ 저렇게 날아만 다닐까

학생들은 신나게 몸을 흔든다. 박수를 친다. 열광을 한다. 못 부르는 노래지만 교사가 먼저 체면을 구기고 율동을 하고 노래를 부르면 학생들은 격식을 벗어버리고 영혼이 말랑말랑해지고 뇌가 자유로워진다. 그때 멋진 표현이 튀어나온다.

학생들은 끄적거린다. 마구 쏟아낸다. 뱉어낸다. 멋진 문장이 만들어진다.

학생들이 쏟아낸
새에 대한 몽상

□ 새의 날렵한 날갯짓은 허공을 칼질하는 검무인지 모른다.

□ 유체이탈遺體離脫, 육체를 벗어나 천 리 넘어 다른 먼 곳으로 가 있는 자신의 영혼을 찾는다.

□ 비 오는 날 전깃줄에 앉아 씻김을 즐기며 비바람의 혈통과 친분을 쌓는 새가 있다.

□ 새들은 왜 날면서 똥을 눌까. 새의 괄약근에 문제가 있는 것은 아닐까.

□ 빛의 속도보다 더 빠른 영혼을 소유한 새가 있을지도 모른다.

□ 소실점을 들락거릴 때 새는 지워졌다 나타났다를 반복한다.

□ 기류에 탑승하여 대륙을 횡단하고 산맥을 넘는 새의 심장은 바람주머니일까.

□ 새는 가끔 난수표처럼 까다롭고 애매한 표정을 짓는다.

□ 새는 영혼을 운송하는 항공 택배 조종사와 같다.

□ 천수만은 새의 울음을 끌고 올라가 노을 속에서 북, 장구, 꽹과리를 친다.

□ 천수만 수십만 마리 새떼는 울음 곳간을 활짝 연다.

□ 새는 공기의 약동을 즐긴다.

□ 새는 시간 밖으로 날아가서 종적을 감추기도 한다.

□ 새는 허공의 울림, 혼의 울림, 정령의 울림이다.

□ 새들은 하늘의 뒷면, 달의 뒷면, 지구의 뒷면을 염탐하는 염탐

꾼이다.

    □ 어떤 새의 울음은 새떼보다도 더 멀리 앞서 날아간다.

    □ 날개가 새를 끌어올린다. 날개가 허공을 파닥이게 한다.

    몽상 수업을 하면서 학생들에게 몽상의 철학자인 가스통 바슐라르의 허공, 촛불에 대한 몽상 몇 구절을 패러디하도록 유도했다. 그랬더니 패러디한 멋진 문장이 몇 개 태어났다. 몽상이야말로 문학 수업의 좋은 방법이라 생각한다.

뒤집기 수업,
역발상 수업을 해볼까?

앞에서 문학 교과서의 '문학과 인접 분야와 매체' 단원에 실린 작품을 알아보았다. 만화 또는 애니메이션을 넘나드는 작품으로는 이효석의 「메밀꽃 필 무렵」(소설과 애니메이션과 드라마 넘나들기), 박상률의 「택배 상자 속의 어머니」(시와 만화 넘나들기), 윤태호의 『미생』(웹툰과 영화 넘나들기), 문태준의 「우리는 서로에게」(시와 만화 넘나들기), 박경리의 『토지』(소설과 만화와 영화 넘나들기) 등이 실려 있다. 이제 애니메이션은 문학 수업에서 빼놓을 수 없는 장르가 되었다.

애니메이션은
개념 뒤집기의 끝판왕이다

가끔 극장으로 가족 나들이를 간다. 〈토이스토리〉, 〈월-

E〉, 〈라이온 킹〉, 〈업〉, 〈톰과 제리〉, 〈아이스 에이지〉, 〈도라에몽〉, 〈인크레더블〉, 〈꿀벌 대소동〉, 〈쿵푸팬더〉, 〈앨빈과 슈퍼밴드〉, 〈몬스터〉, 〈슈렉〉, 〈아이보그〉, 〈드래곤 길들이기〉 등 매년 많은 애니메이션을 보았다.

그중에서 고등학교 문학 수업 시간에 토론 주제로 다루기에 가장 좋은 작품은 〈슈렉〉이었다. 〈슈렉〉이 학생들에게 준 충격은 크다. 〈슈렉〉은 경계를 부수고 열린 마음으로 세상을 바라보라고 한다. 화장실에서 동화책을 찢어내 휴지로 쓰는 장면은 이후 계속될 주류 가치에 대한 뒤집기를 선언하는 슈렉식 프롤로그라고 볼 수 있다. 〈슈렉〉은 기존의 가치 개념과 규범을 전복시켰다. 인간의 개념을 뒤집었고, 공주의 개념을 뒤집었다. [13] 요정의 개념을 뒤집었고, 악당의 개념을 뒤집었으며, 영웅의 개념을 뒤집어버렸다.

> 13) 녹색 괴물 '슈렉'이 이룩한 10년의 신화를 돌이키다!, 뉴스엔, 배선영 기자, 2010.6.2. https://www. newsen. com/news_view. p?uid=2010060208395541003

□ 공주 뒤집기

공주는 다 예쁘고 마음씨가 고울까? 잘난 멋으로 살아온 착각과 오만의 공주들은 없을까? 동화 속에서 제일 예쁜 미녀 공주들이 〈슈렉〉에서는 한결같이 결점투성이들이다. '잠자는 숲속의 공주'는 코를 드르렁 골며 늘 미친 척 잠만 자는 이상한 여자다. '백설공주'는 야생동물과 대화하는 능력을 지녔지만 요염하고 독살맞으며 카랑카랑한 목소리를 지닌 자존심 지존 공주병의 말기 증세를 보인다. '신데렐라'는 청결에 대한 결벽증이 있으며 계모와 의붓언니들의 잔소리 때문에 가출한 가출 비행소녀가 되어 신경질적이고 냉소적인 말투를 쏟아낸다. '라푼젤'은 자신이 제일 잘난 공주라고 생각하는 자뻑공주인데 여러 공주들을 배신하고 프랑스 차밍의 애인이 되어 왕위를 빼앗으려는 변절자로 돌변한다. 긴 머리 빗기가 유일한 취미인데 긴 머리는 사실 가발이고 대머리임이 밝혀진다.

백마 탄 왕자를 만나 고생 끝 영원한 행복을 추구한 공주는 없다. 이들은 어느 순간 나약하고 착한 공주병을 벗어버리고 자신들에게 내재된 표독한 공격성을 폭발시킨다.

'슈렉'과 '피오나 공주'는 외모 지상주의에 일침을 가하는 캐릭터다. 못생긴 도깨비 슈렉과 엉덩이보다 더 큰 똥배를 지닌 D라인 몸매의 피오나 공주는 외모 콤플렉스 따위는 모기 눈알만큼도 갖고 있지 않다.

슈렉은 유머 감각이 풍부해서 어떤 위기 상황에서도 대범하고 쿨한 농담과 재치 있는 문답을 늘어놓는다. 궁중 생활을 두드러기처럼 싫어해서 왕위를 떠넘길 수 있는 유일한 인물인 아더 왕자를 찾아 험난한 모험을 떠난다. 욕심과 사심이 전혀 없는 순도 100퍼센트의 순정과 순수함을 지닌 도깨비인데 트림을 잘하고 방귀 박사이며 진흙목욕을 제일 좋아한다. 늘 늪지대로 돌아가고 싶어 하는데, 하마를 닮기도 했다.

□ 요정 뒤집기

'요정'이라고 해서 꼭 '착하다'는 의미를 담고 있는 것은 아니다. '요정 대모'는 속이 시커먼 인물이다. 어떤 희생을 치르더라도 슈렉 대신 자신의 아들 '프린스 차밍'을 피오나 공주의 짝으로 만들려는 속셈이 있다. 〈슈렉 2〉에 등장하는 요정 대모는 슈렉을 오거(ogre, 영국 민담에 등장하는 식인 괴물)라 칭하고, 어느 동화에도 공주와 괴물이 만나 행복해진 경우는 없다며 슈렉을 '동화계의 슈레기(쓰레기)'로 취급한다.

□ 영웅 뒤집기

〈슈렉 3〉에서는 영국의 전설적인 아더 왕의 소년기를 중세 귀족학교에서 왕따를 당하는 약골 소년으로 설정해 영웅에 대한 고정관념을 뒤집는다. 한편 이미 패러디를 거친 공주들—남자관계가 복잡한 백설공주, 결벽증 환자인 신데렐라, 시도 때도 없이 자는 기면증 환자인 잠자는 숲속의 공주—에 또 한 번의 뒤집기를 시도한다. 내숭 떠는 노래로 적의 무장을 해제시키는 백설 공주, 유리 구두를 비수로 갈아 무기로 쓰는 신데렐라, 기면증으로 얼떨결에 경비대를 넘어뜨리는 잠자는 숲속의 공주 등 왕자의 도움 없이도 자신의 필살기로 스스로를 지켜내는 새로운 공주 캐릭터는 이미 1, 2편에서 패러디된 공주들의 전형까지도 여지없이 깨부순다. 계속 뒤집는다. 고정관념은 일고의 가치도 없다. 선과 악이 동전의 양면과 같다.

중요한 건
이야기 가공 능력이다

지금은 이야기에 열광하고 이야기로 소통하는 시대다. 상당수의 미래학자들은 미래 인재의 조건으로 기능만이 아닌 디자인으로 승부하는 능력, 주장만이 아니라 스토리를 창조하는 능력, 이질적인 것들을 결합하고 통합하는 능력, 진지한 것만이 아닌 놀이(유머, 웃음, 게임, 정신적인 여유)의 능력, 물질의 축적만이 아닌 정신적인 의미(인문학적인 가치 중시)를 추구하는 능력을 꼽고 있다. 그만큼 이야기가 중요해지는 시대가 되고 있다.

우리의 고등학교 교육 현장은 어떠한가? 이런 미래 인재의 조건에 맞추어서 창의성을 지닌 교육을 하고 있는가? 우리에게도 풍부한 이야기 자산이 있다. 『삼국유사』, 『심청전』, 『두껍전』, 『장끼전』, 『홍계월전』 등 우리 고유의 이야기 자원을 가꾸고 창조해 나가는 일이 중요하다. 더불어 다른 나라의 이야기 자원에도 개방적인 자세가 필요하다. 일본 만화를 토대로 재창조한 영화라고 해서 그것을 일본 문화에 종속된 것이라고 비판만 해서는 안 된다. 세계 시장에서 우리 문화 상품이 경쟁력을 높이기 위해서는 이야기 산업 선진국들처럼 세계 이야기 자원을 적극 수용해야 한다.

아무리 정보와 지식이 많아도 실제 상황에 활용하지 못하거나 새로운 것을 창조하지 못하는 비활성 지식인이 되는 경우가 많다. 잠재력이 풍부하다고 해서 다 창의적인 사람이 되는 것은 아니다. 유연성이 있어야 하고 과감하게 추진하는 능력이 필요하다.

기존의 이야기를 뒤집으면 새로운 이야기가 된다. 이야기는 끊임없이 첨삭되고, 변형되고, 가공된다. 월트 디즈니사의 경우 독일의『그림동화』와 덴마크의『안데르센동화』, 페르시아의『아라비안나이트』에 빨대를 꽂아 이들 이야기를 각각 애니메이션 〈백설공주〉, 〈인어공주〉, 〈알라딘〉 등으로 재창조해 막대한 수익을 올렸다. 애니메이션 〈라이온킹〉은 일본 만화 〈밀림의 왕자 레오〉를 리메이크한 것이다.

기존의 고정관념을 뒤집는 가치 전환이 필요하다. 여러 이야기에 빨대를 꽂자. 상상력의 빨대를 꽂고 깃발을 휘날리며 우주를 항해하자. 문학 시간에 자꾸 영화, 애니메이션, 다른 장르를 기웃거리자.

아버지는 영원히
문제적 인물로 그려질까?

―아버지 죽이기와 아버지 살리기

'아, 버, 지'

칠판에 큼지막하게 세 글자를 또박또박 쓴다.

"아버지는 존재 자체로도 시가 될까요? 될까요? 되겠죠? 여러분들 집에는 위대한 시가 있습니다. 바로 아버지라는 시입니다."

교실이 숙연해진다.

"큰 소리로 불러봅시다. 아버지!"

학생들은 개미 소리를 낸다. 잘 들리지도 않는다. 목소리가 기어든다.

김현승의 시 「아버지의 마음」, 박목월의 시 「가정」을 묶어서 배운다. 아버지! 이 시는 아버지의 희생, 헌신, 사랑, 고독, 외로움, 아픔을 잘 그려냈다. 시를 읽으면서 자신의 아버지에 대해 말해 보라고 하면 학생들은 머뭇거린다. 입을 쉽게 열지 못한다. 아버지는 함부로, 즉흥적으로, 수업 시간에 공개적으로 얘기할 수 있는 상대가 결코 아닌 것이다. 또한 고딩 남학생들은 아버지와의 관계가 그다지 매끄럽지 않다.

오늘날 대표되는 아버지상, '슈퍼맨'과 '자연인'

아버지에게는 시대에 따라 변하는, 시대가 요구하는 아버지상이 있다. 오늘날의 아버지상은 어떨까? TV프로를 보면 아버지들이 나오는 두 가지 프로그램이 있다. 거의 대척점에 있는 프로그램이다. 〈슈퍼맨이 돌아왔다〉와 〈나는 자연인이다〉가 그것이다.

〈슈퍼맨이 돌아왔다〉는 아빠들의 육아 도전기다. 송일국, 문희준, 홍경민, 개리, 도경완 등이 연달아 나온다. 좋은 아빠 되기, 아이들과 하루 종일 놀아주기 프로젝트다. 정말 슈퍼맨들이다.

〈나는 자연인이다〉에는 아빠와 남편과 아들의 책무로부터 벗어난 중년의 남자 이야기가 나온다. 주로 산속에 들어가서 홀로 살아가는 이야기다. 이 프로그램이 15년 이상 장수 프로그램이 된 이유는 뭘까? 아마도 남자들의 원시적 삶, 호기심과 모험심, 판타지, 치유, 타인이나 시스템으로부터 상처받지 않는 주체적이고 주도적인 삶, 강호한정, 안빈낙도, 무위자연, 높은 행복지수 등이 아닐까 한다.

고등학교 학생들에게 〈슈퍼맨이 돌아왔다〉와 〈나는 자연인이다〉의 아버지상을 대충 말해 주고 어느 쪽이 더 나은가를 물어본다. 학생들은 두 프로그램을 그다지 좋아하지 않는다. 학생 여러분! 슈퍼맨을 원하세요? 아니면 자연인을 원하세요? 시큰둥하다. 아! 반응이 없는 수업은 실패한 수업이다. 아버지를 주제로 한 수업은 실패할 수밖에 없음을 직감한다.

아직 아버지가 되고 싶은 구체적인 계획을 세워본 적이 없는 학생들이다. 대답도 머뭇거린다. 아버지는 투쟁의 대상이다. 싸워야 하는 대상이다. 그러면서도 존경의 대상이다. 경외의 대상이다. 아니다, 싸워서 이겨야 할 대상이다. 아니다, 나를 존재하도록 만든 근원적인 대상이다. 아니다, 시시콜콜 내 인생에 간섭하는 귀찮은 대상이다……

문학 작품 속에 나오는 전통적인 아버지상[14]

앞서 김현승, 박목월의 시 두 편을 소개했지만, 사실 시보다는 소설 속에서 더욱 적나라하고 예리하게 아버지의 모습이 등장한다. 임철우의 『아버지의 땅』, 김소진의 『자전거 도둑』, 박완서의 『나목』, 염상섭의 『삼대』 등 아버지와 대립하는 오이디푸스 콤플렉스, 아버지의 양면성, 아버지의 부

> 14) 장천하어천하藏天下於天下의 카니발을 꿈꾸는 아비들의 연대기(장인수 시집 『적멸에 앉다』 해설-기혁, 문학세계사, 2017)에 나오는 내용을 요약하였다.

정적 속성, 부성애 등 다양한 아버지상이 나온다. 이를 개략적으로 분류하면 다음과 같다.

첫째, 가부장적이고 권위적인 아버지상이 나온다. 그들에게 자녀는 훈육의 대상이다. 심지어 언어폭력과 신체적인 폭력을 행사하는, 폭군으로서의 아버지상이 나오는가 하면, 가정을 잘 돌보지 않는 아버지상도 나온다.

둘째, 세속적 가치에 찌들거나 타락한 아버지상이 나온다. 노름꾼, 난봉꾼, 알코올중독자, 외도를 벌이는 아버지, 권위와 폭력과 술주정과 억압, 무시, 학대를 일삼는 아버지들이 나온다. 아버지는 원망과 분노의 대상이 된다.

셋째, 무능력한 아버지상이 나온다. 아버지에게 물려받은 유일한 자산은 가난과 고통과 무능력이다. 가난과 질병에 허덕이거나, 폭압적인 경쟁 사회 속에서 찌들고 비호감으로 낙인찍힌 무능력한 아버지가 나온다. 빚쟁이, 부도난 사업가, 막노동꾼, 소시민, 실패한 혁명가, 실패한 지식인, 고등 유민인 룸펜이 나온다. 하층민, 죄책감, 무기력, 무능력, 폐결핵 환자, 우울증 환자, 피해의식 등을 지닌 아버지다. 나약한 아버지에 대해 아내와 자식들은 배신감을 느끼기도 하지만, 불쌍함과 연민의식을 느끼기도 한다.

이광수, 이문열, 이동하, 김원일, 김원우, 김주영에서 은희경, 이근미, 이명랑, 김애란에 이르기까지 우리 문학사에서 부권父權은 끊임없는 이야기의 최전선에 서 있었다. 부권은 각론이면서 총론이고, 개인의 가족사면서 민족의 근현대사와 밀접한 관련성이 있는 존재였다. 사회적 모순과 부조리의 정점에 아버지가 있었다.

편모슬하는 아예 아버지의 생물학적 부재 상황이다. 아버지의 역할까지 어머니가 대신 해내야 한다. 이광수나 이문열은 부권 부재 속에서 성장하여 대체 부권인 권력 지향, 이데올로기 지향, 카리스마 지향 등 왜곡된 모습을 많이 보여주었다.

아버지의 언어를 이해하는 것이 대화의 시작이다

요즘 아버지와 대화를 하는 것이 나에게 가장 큰 즐거움 중 하나라고 말하면 학생들은 거부반응을 보인다. 뻥치지 말라고 한다. 그러면 나는 아버지의 언어를 좋아하게 되었다고 덧붙인다. 첫물 떼기, 물 걸러대기, 혼수, 땅심, 놀란흙, 새끼칠거름, 똘물, 바심, 눈곱재기창 등 자연과 삶의 이치가 원석처럼 박혀 있는 아버지의 말. 내가 평상시에 그냥 흘려보낸 말들이다. 언어가 곧 생각의 틀이고, 삶의 가치이며, 나아가는 길일 때, 아버지는 농사꾼으로 길바닥에 너부러져 있는 자갈 같은 언어, 패랭이꽃 같은 언어를 사용한다. 질경이와 바랭이와 망초가 자라는 곳이면 그곳에 촌놈인 아버지의 언어가 연결되어 있다. 그런 의미에서 아버지의 언어는 너무 맛있다.

학생들은 국어 선생님답다고 끄덕인다. 뭐, 이렇게라도 미래의 아버지 인자를 가지고 있는 남자 청소년들에게 다가가야 하지 않을까?

바이러스 입장에서
인간의 삶을 평가해 볼까?

-코로나19의 새로운 풍경들

청소년들은 저만치 혼자서 피어 있는 것을 견디지 못한다. 포옹과 악수가 그리운 아이들이다. 살갑게 껴안고, 어루만지고, 어깨 주무르고 싶은 사람인 것이다. 그런데 다가설 때 멈칫하는 사람이 되란다. 저만치 혼자서 피어 있는 사람이 되란다.

바이러스,
인류 역사를 새로 쓰다

"팬데믹 아포칼립스라는 용어, 이젠 다 알죠? 아주 쉬운 단어가 되었지?"

"세계적 유행을 한 감염병에는 어떤 것이 있죠?"

"천연두, 결핵, 콜레라, 홍역, 말라리아, 페스트, 흑사병,

사스, 신종플루, 메르스, 코로나19.”

벌써 우리 학생들은 신종플루와 메르스와 코로나19를 겪었다. 열여덟 살 고등학생들이 벌써 세계 대유행 전염병을 세 가지나 관통한 것이다.

“여러분의 평균 수명은 120살? 그 정도겠죠? 5년마다 ‘펜데믹’이 일어난다고 하면 앞으로 살면서 최소한 20번 이상 바이러스와 전쟁을 치르는 대재앙의 삶을 살아야겠네요.”

“어! 억! 악! 으악! 안 돼!”

“누구는 끝까지 살아남고, 누구는 안타깝게 죽게 되겠죠? 태어나는 것은 비슷해도 죽는 것은 각자 다를 겁니다.”

‘조의금부터 준비하자’, ‘유서부터 쓰자’, ‘친구야, 너는 끝까지 잘 살아남아라’, ‘70년 뒤에 건강한 모습으로 보자’, ‘내일 일은 내일 걱정하자’, ‘오늘을 즐겁게 살자’ 등 학생들의 수다와 잡담이 이어졌다.

“바이러스가 인류사를 새롭게 쓰고 있죠? 그렇죠?”

“질병이 창궐하는 흑막의 시대를 살아가는 기분이 어떠니?”

“사회적 거리 두기를 잘 참고 실천했니?”

혈기왕성한 고등학생들이다. 과민반응, 압박감, 반항, 심한 감정변화, 솟구치는 에너지, 집착, 호기심 등의 특징을 갖는 시기다. 행동반경이 무한정 넓어진다. 밀착과 접촉에 대한 욕구가 매우 강한 시기다. 무려 8주 넘게 학교, 도서관, 독서실, 박물관, 문화센터 등 공공장소가 폐쇄되었다. 학생들은 갈 곳을 잃었다. 왕성한 육체와 정신의 에너지를 마음껏 발산해야 할 시공간을 잃어버렸다. 답답함! 무료함! 짜증이 폭발했다. 끼리끼리 또래 문화야말로 학생들에게 가장 중요한데 기회를 박탈당했다.

바이러스 입장에서
인간을 바라보기

바이러스는 생물과 무생물의 중간 지대에 있다. 그 크기가 박테리아보다 훨씬 작은 나노미터(nm, 100만분의 1mm)로 세포핵의 유전자 속까지 침투한다. 바이러스도 살아남기 위해서 살아가는 생명체다. 살아남기 위해 어떤 전략을 쓸까?

"바이러스 같은 녀석이라는 말은 칭찬일까요? 욕일까요?"

"욕 아닙니까?"

"경우에 따라서는 칭찬일 수 있어요. 인간의 입장을 버리고 바이러스 입장에 서서 생각해 봅시다."

"바이러스는 인간을 숙주로, 인간과 공생 관계에 있는 생명체입니다. 그러니 바이러스는 친구일 수도 있고, 원수일 수도 있어요. 우리의 좋은 이웃일 수도 있고, 나쁜 이웃일 수도 있어요."

바이러스가 우리의 친구라고? 좋은 이웃이라고? 말도 안 돼.

"미래 인재인 여러분들께서 역지사지가 되어보는 거예

요. 바이러스 입장에서 인간을 바라보고 평가해 봅시다."

오! 그거 괜찮은데! 학생들의 호기심을 충분히 자극했다. 학생들이 인간의 입장을 버린다. 바이러스 입장이 되어 생존 전략이나 살기 위한 이유를 살펴본다.

첫째, 우리 바이러스는 인간과 가축을 숙주로 선택했다.

바이러스 입장에서 보면, 가축과 함께 동거하는 77억의 인간을 선택한 것은 매우 탁월한 생존 전략이다. 인간은 육식의 즐거움을 위해 가축을 기른다. 50년을 사는 소는 2~3년간 키워서 도축한다. 15년을 사는 돼지는 생후 6개월이면 도축한다. 20년을 사는 닭은 생후 2개월도 되기 전에 도축한다. 인간의 먹거리를 위해 수백억 마리의 가금류가 공장형 농장에서 사육당한다. 그런 인간과 가축을 공략하는 것이 바이러스 입장에서는 가장 현명한 생존 전략이다. 인간, 소, 돼지, 닭들이 한곳에 다닥다닥 모여 있으니 전염을 생명으로 하는 바이러스에게는 그야말로 가장 좋은 서식 환경인 셈이다.

둘째, 우리 바이러스는 자신의 유전자를 광범위하게 전파해야만 살 수 있다.

이 점에서 바이러스는 전염력과 독성의 딜레마를 잘 이용해야만 한다. 독성이 강하면 전염이 잘 안 된다. 걸린 사람이 곧바로 죽으니까 움직이면서 퍼뜨리지 못한다. 숙주의 치사율이 너무 높으면 실패작이다. 전략적으로 독성이 적절하게 강해야만 득세를 하고 전염을 빠르게 할 수 있다. 즉,

적당히 위험하고, 적당히 강해야만 막 번진다. 따라서 조심 조심 일정한 잠복기를 갖도록 하며, 초기에는 증상이 미약한 것처럼 은폐 전략을 써야 한다. 코로나19의 경우 양성 확진 감염자의 80퍼센트는 가볍게 앓고 지나가므로 치료제 등을 크게 걱정할 필요가 없다. 그것이 우리 바이러스의 전략이다. 치사율을 절대로 10퍼센트 이상 넘기면 안 된다. 그래야 숙주인 인간들이 적절하게 살아남고, 적절하게 대응하기 때문이다.

셋째, 우리 바이러스는 다양한 전염 전파 경로와 방식을 끊임없이 개발한다.

숙주에게 기침과 재채기 그리고 설사 등을 유발시키는 전염 방식을 만든다. 그런데 인간이라는 숙주는 눈부신 과학 기술로 백신을 만들어 바이러스를 소멸시키려고 노력했다. 그래서 바이러스들은 인간 곁에 살고 있는 가금류를 이용하는 방법을 채택했다. 고양이, 쥐, 조류, 낙타, 박쥐 등에 기생하고 있다가 인간에게 옮겨붙는 전략을 세운 것이다. 생존 능력이 탁월한 인류와 함께 사는 것이 가장 좋은 생존 전략임을 깨달은 바이러스들은 사람을 숙주로 생각하고, 가금류에 조용히 잠복해 있다가 자신들의 왕성한 번식이 필요할 때나, 인간이 너무 막 나갈 때 인간 세포 표면에 있는 특정 단백질과 결합해 인체로 들어간다. 코로나 바이러스 역시 돌연변이를 일으켜 인간의 손발이나 호흡기 세포 표면에 있는 단백질과 결합하는 방법을 택했다. 또한 코로나 바이러스의 경우 굉장히 빠른 속도라는 전략을 구사했다. 며칠 새 곧바로 폐로 들어가서 확 번지는 전략을 썼다. 인간들이 공포에 떨고 질겁을 하도록 만들었다. [15]

신종 바이러스 창궐은 인간에게 보내는 강력한 경종에 해당한다. 인간의 생태계 교란, 가축과 야생동물의 동시 사육, 기후 변화와 생태계 파괴, 광범위한 항생제 사용 등이 바이러스에게

15) 코로나 이후의 생태적 계몽과 실천, 《경향신문》, 2020.3.11. http://news.khan.co.kr/kh_news/khan_art_view.html?artid=202004282051035&code=990100

위협을 가했다. 인간의 편의와 욕망을 충족하기 위해 인간은 자연을 훼손하고 바이러스를 공격했다. 우리 바이러스는 점점 숙주인 인간을 적으로 간주한다.

우리 바이러스를 박멸할 수는 없다. 박멸할 수 있다는 것은 인간의 오만이며 오판일 뿐이다. 인간이 백신을 개발하고 치료제를 개발해서 문제가 되지 않을 수준으로 낮출 수는 있다. 인간이 바이러스와 어느 정도 살 수 있는 수준이 되면 질병이라기보다 그냥 인간의 삶이다. [16] 코로나19도 적당한 수준에서 공존하는 지혜가 필요한데 인간들은 그걸 잘 못한다. 우리 바

16) 《한겨레21》 제1305호. http://h21.hani.co.kr/arti/special/special_general/

이러스는 언제라도 인간을 필요로 하지만, 인간이 오만과 독선으로 질주를 하면서 생태계를 파괴하고 인간 문명 우월주의로 치달으면 언제라도 슈퍼 바이러스가 되어 인간을 전염병의 소굴로 만들 것이다. 그것이 우리 바이러스의 존재 이유이며 생존 전략이다.

바이러스가 인간의 삶을
어떻게 바꾸었을까?

'전염'은 이제 모든 학문을 넘나드는 키워드가 되었다. 일상을 지배하는 담론이 되었다. 어떤 변화들이 일어나고 있을까? 창의융합수업 주간의 수업 시간에 브레인스토밍, 자유연상, 아이디어 산출하기 활동을 통해 학생들이 생각한 변화들이다. 물론 인터넷 검색능력이 출중한 학생들이기 때문에 스마트폰 활용 수업을 했다. 정보검색의 능력자들인 학생들이 찾아낸 변화를 두서없이 나열해 본다. 무거운 주제였지만 매우 재미있는 수업이 진행되었다. 학생들의 분석능력은 한 마디로 놀랍고 탁월했다.

1. 몸에 대한 탐구를 더 열심히 할 것이다. 몸철학, 몸과학이 더 발전할 것이다.
2. 여자도 남자도 신체 노출이 많이 줄어들었다. 피부 접촉이나 노출을 꺼리게 되어서 육체의 관능미나 육체적인 미의식에 대한 변화가 생겼다.
3. 외진 곳에서 키스하고 손을 잡고 어깨를 더듬던 커플이 많이 사라졌다.
4. 마스크 착용으로 입술이 보이지 않으니 눈빛이 더 중요해졌다. 눈빛으로 대화를 나누는 기술이 늘었다.
5. 학원에서는 전화나 단톡방으로 숙제를 점검하는 게 일상화되

었다.

6. 손발을 깨끗이 씻느라 수돗물 사용량이 대폭 늘어났다.

7. 방콕을 많이 하면서 가족과 함께 지내거나, 혼자 방에 틀어박혀 있는 시간이 더 많아졌다.

8. 학원, 도서관, 학교, 독서실, 헬스장도 당분간 갈 수 없게 된 우리들은 집에서 게임하는 시간이 늘어남에 따라 엄마랑 충돌하는 횟수가 늘어났다. 집안 분위기는 더 살벌해졌다.

9. 모두가 잠재적인 바이러스 보균자일 가능성이 있기 때문에 대인기피증이 생겼고, 공동체에 대한 불신이 더 강해졌다.

10. 밀폐된 공간을 피해서 광장, 숲, 공원, 호숫가, 냇가, 강가, 바닷가 등 확 트인 곳, 친환경적인 공간으로 산책하고 나들이하는 사람들이 많아졌다.

11. 외식 문화가 현저히 줄어들었다. 모임에 나가지 않게 되었고, 모임의 성격이 변하게 되었다.

12. 재택근무가 많아졌다. 회사에서도 출근, 휴가, 연수, 외출, 조퇴에 대한 인식이 바뀌었다. 갈등이 조성되기도 하고, 부장님이나 사장님이 더 너그러워졌거나 까칠해졌을 것이다.

13. 바이러스와 친구처럼 지내야 할지, 공생해야 할지, 맞서 싸워야 할지 심각하게 고민하게 되었다.

14. 행동의 제약이 많아지면서 삶이 불편해졌다. 불편에 대한 불만을 정치판이나 정부에 쏟아붓는 현상이 팽배하게 되었다.

15. 불편한 삶을 스스로 참아내고 적극 대처하는 사람들이 생겨났다. 일상에서 위생관리가 더욱 철저해졌다.

16. 안전 안내 문자를 보고 뉴스나 페북을 검색하면서 바이러스에 대한 정보를 얻기 위한 시간이 부쩍 늘어났다. 따라서 스마트폰을 보는 시간이 더 많아졌다.

17. 지역별 사람 이동이 현저하게 줄어들었다. 그러면서 특정 지역을 혐오하거나 꺼리는 감정이 생겨나게 되었다.

18. 지역문화축제, 국가기념일, 북토크쇼, 출판기념회, 소모임, 콘서트, 연주회, 공연 등의 행사가 대부분 취소되었다. 문화 산업이 심각한 타격을 입을 정도로 위축되었다.

19. 국내외 여행을 가지 않게 되었다. 길 떠남, 디아스포라, 나그네 의식, 영혼의 부유 등의 상상력이 크게 위축되었다.

20. 바이러스 창궐 지역에 대한 인종 혐오가 생겨났다. 중국인, 한국인, 일본인에 대한 혐오 정서가 생겨났다.

21. 온라인 유통이나 배달 업종이 활성화되면서 오히려 카드 사용량이 늘었다.

22. 공연장, 찜질방, 영화관, 단체 여행 등 사람들이 밀집되는 곳에 사업장이 있는 업주들은 심각한 타격을 입고 고전을 면치 못할 것이다.

23. 아르바이트 일자리, 비정규직 일자리가 급격하게 감소했다.

24. 일부 종교에 대한 불신 풍조가 가중되었다. 또한 다닥다닥 붙어서 예배를 보는 종교 문화에 변화가 생기거나, 탈종교화가 일어날 것이다.

25. 바이러스와 관련된 책이 많이 팔릴 것이고, 전염병 관련 영화가 많이 만들어질 것이다.

26. 열이 나고 기침이 나면 학교에 결석하는 것이 수월해졌다.

27. 위험 사회가 심화될수록 안전에 대한 의식과 열망이 높아질 것이다.

28. SNS 등 사회적 네트워크의 수많은 정보 공유를 통해 사람들 사이에 공포, 두려움이 확산될 것이다. 또한 가짜뉴스가 더욱 판을 칠 것이다.

29. 유가와 주가가 급락하고, 글로벌 경기 침체가 이어지며, 경제 공포가 확산될 것이다.

30. 직접 '접촉'이 아니라 인터넷이나 SNS를 통한 '접속' 문화가 확산될 것이다. 더불어, 인터넷 강의, 화상 회의, 인터넷 예배, 온라인 구매 등이 활성화될 것이다.

31. 위장 포교로 자본 증식에 골몰한 이단의 맹목적인 종교주의에 대한 불신이 커졌다. 집단 거주, 분별없는 해외 선교 활동, 과도한 종교적 집회에 대한 부정적 인식이 확산되었다.

32. 자영업자, 중소상공인, 항공·여행업계, 저소득층은 큰 어려움을 겪을 것이다.

33. 노인, 아동과 같은 사회적 약자는 위험에 더욱 취약할 수밖에 없다. 위험 사회가 '위험의 불평등'을 더욱 심화시킬 것이다.

34. 배달 업체, 마스크 업체, 세정제 업체, 백신 업체가 호황을 누릴 것이다.

35. 혈기왕성한 어린이, 중고등학생들의 건강하고 활달한 성장에 방해 요소가 많이 생길 것이다.

36. 마스크를 쓰고 수업하는 것은 여러 면에서 직접적인 소통을

방해할 것이다. 적극적으로 묻고 답하는 활동 중심의 수업이 어려워질 것이다.

37. 개인정보와 건강(방역) 중에서 건강(방역)이 더 중요한 가치로 부상함에 따라 프라이버시와 프리덤의 가치가 바뀔 것이다. 전체주의적 감시 시스템이 좀 더 강화될 것으로 본다.

38. AI 위치 추적 및 센스 추적 시스템이 대폭 강화될 것이다. 생체 정보, 안면 인식, 속마음 추적, 센스 기술의 혁명적 발전이 이루어지고, 관련 산업이 번창할 것이다.

39. 터치! 접촉! 전염 위험이 큰 버튼 기술은 쇠퇴할 것이고 빅데이터 기술이 압도할 것이다.

40. 방역국방 개념이 크게 부상해서 육해공군 이외에 방역군 시스템이 창설될 것이다.

41. WHO의 연약함이 만천하에 노출되었다. 따라서 WHO보다 강력한 세계방역기구가 창설되어 초기 발생에 대해 즉시 정보 공개, 세계 전문가들의 즉각적인 국제 공동조사, 국제 제재 기준 강화 등을 협의할 것이다.

42. 사태의 확실성, 완벽성보다는 징후에 따른 신속한 대응 능력이 더 중요한 결단이 될 것이다. 여기에는 강력한 지도자, 전체주의적 사고를 지닌 지도자의 등장도 있을 수 있다.

그렇다면 교육, 예술, 문학에는 어떤 변화가 있을까? 이미 교육 시스템은 혁명적인 패러다임의 변화가 이루어지고 있다. 교육 현장에서 실감하게 된다.

온라인 수업이 미학적 본질에 어떤 변화를 줄까?

-비접촉과 접속의 풍경들

  네이버 밴드와 카카오톡과 마이크로소프트와 구글을 통해 문학 수업을 한다? 대면 접촉이 아니라 비대면 접속을 통해 문학 수업을 한다? 그렇다면 접속이라는 무한한 시공간에 새로운 감수성과 심미안이 열리는가? 열린다. 열리는 체험을 한다. 온라인 수업은 미학과 감각학의 새로운 영토라고 감히 말할 수 있을까? 좀 더 지켜볼 일이지만, 나는 긍정적이다.

  온라인 개학, 온라인 수업을 했다. 벌써 몇 개월이 지났다. 매달(4단위×4주=20차시 수업) 분량의 문학 수업 콘텐츠 동영상을 세 명의 교사가 나누어서 미리 찍는다. 고2 문학 교과서가 교재다. 문태준의 시 「산수유나무의 농사」, 고려 가요 「서경별곡」, 가사 「속미인곡」, 조선후기 판소리계 소설 「이춘풍전」, 백석의 시 「남신의주유동박시봉방」, 고재

종의 시 「세한도」, 이효석 원작, 안재훈 각색의 애니메이션 「메밀꽃 필 무렵」 수업 동영상을 찍었다.

　나는 ZOOM과 ppt와 곰플레이어와 스마트폰과 아이패드를 모두 사용해서 온라인 수업 콘텐츠 동영상을 편집했다. 저작권에 걸리지 않는 노래와 시낭송을 넣었다. 학습목표와 형성평가와 쪽지시험을 실었고, 제출할 과제물을 담았다. 다른 동영상의 일부를 편집해서 끌어와 또 다른 동영상에 넣었다. 더불어 교사의 얼굴과 목소리가 시종일관 나오도록 했다. 교사들 사이에서 가장 첨예하게 엇갈리는 시각차이가 있는데, 그것은 교사의 얼굴과 목소리가 동영상에 얼마만큼 노출되어야 하는가이다. 화면에 교사의 얼굴과 몸동작과 목소리가 나와야 교감과 소통이 이루어지는 양질의 수업이 이루어진다고 믿는 나는 시종일관 나의 표정과 목소리를 담아서 촬영했다. 수업 자료를 만드는 동안 답답하고 외롭고 쓸쓸했다.

　백석의 「남신의주유동박시봉방」 수업 동영상을 만들 때는 '어느 사이에 나는 학생도 없고, 텅 빈 교실에서 혼자 촬영을 하다가 나는 내 슬픔이며 어리석음이며를 소처럼 연하여 쌔김질하는 것이었다. ……시낭송 녹화를 뜨면서 쌀랑쌀랑 소리도 나며 눈을 맞을, 그 드물다는 굳고 정한 갈매나무라는 나무를 생각하는 것이었다.'라고 패러디를 하면서 신나게 동영상을 제작하고 있는 나를 발견하고는 이게 내 소질인가 싶기도 했다. 심미안審美眼은 체험을 통해 키워진다는데 영상 작업을 하면서 문학적 심미안이 새롭게 열리는 느낌을 받았다.

문학 작품 감상이 온라인 수업으로 가능할까? 세 명의 교사들이 처음에는 모두 부정적인 생각이 지배적이었다. 학생들과 직접적인 대면 소통이 없는 상황에서 문학 수업은 빈 껍질이 아닐까 싶었다. 교사 혼자서 신나게 떠드는 수업이 될 것만 같았다. 컴퓨터 화면으로 학생들에게 질문을 쏟아부으면 학생들이 제대로 반응할지 의구심이 들었다. 문학 수업이 아니라 문학 강연이 될 것만 같았다.

수업은 강연이 아니다. 감상자(수용자)들의 반응이 무엇보다 중요하다. 반응이 반응을 낳고, 반응이 수업의 방향을 결정한다. 학생들의 반응이 빠진 수업은 실패한 수업이나 다름없다.

하지만 문학은 매체와 잘 어울렸다. 종이책 이외에 다른 매체를 얼마만큼 잘 활용하는가에 따라 문학은 다른 느낌을 풍긴다. 전자기기와 문학 작품은 아주 잘 어울렸다. 접촉이 아닌 접속 수업! 접속 수업에서 감상은 전파였고, 전달이었고, 공유였다. 감상은 소통이었다. 댓글, 채팅, 과제물, 녹화, 촬영, 시청, 영상물이라는 매체는 문학의 또 다른 성질 같았다.

유튜브, 스마트폰 등 멀티미디어는 즉각적인 정보 접근을 가능하게 했다. 멀티미디어는 시각, 미각, 촉각, 공감각을 무한정 확장시켰다. 공간의 한계를 없앴다. 미학의 범위를 넓혔다. 미학이라는 용어 대신 감각학이라는 용어가 더 어울릴지 모르겠다. 온라인은 감각이 펼쳐지는 공간과 감각을 느끼는 공간을 무한정 확장시켰다.

　유튜브로 신기한 예술작품이나 자연현상의 동영상을 보면서 숨이 멎을 것 같은 스탕달 신드롬을 느끼기도 한다. 「메밀꽃 필 무렵」 애니메이션을 보면서 살아 움직이는 듯한 달밤, 메밀꽃 앞에서 얼어붙는 놀라운 느낌을 받았다. 말로 표현할 수 없는 달밤의 기운을 품어내는 애니메이션! 백석의 시 「남신의주유동박시봉방」을 감각적으로 설명하기 위해 화롯불 영상, 갈매나무 영상, 폭설 영상, 골방 영상 등을 찾아서 배경을 만들고 시를 낭송할 때 눈물을 흘릴 것 같은 슬픈 감정이 솟구쳤다. 그렇게 본다면 문학은 멀티미디어로 접근하는 것이 오히려 더 미학적인 본질에 가까운 것인지도 모르겠다.

　네이버 밴드, 카카오톡, ZOOM, EBS 온라인클래스 등 우리 교사들은 IT를 잘 다루기 위해 밤낮 서로 묻고 배웠다. 그러니 교사들끼리 더 친밀해졌다. LMS에 수업 구성하기, 에듀테크(Edutech)를 활용한 온라인 수업 만들기, G-suite와 ZOOM의 결합 등을 시도했다. [17] 교사들은 밤낮으로 수업 준비를 했다. 테스트를 하고 문제가 없는지 체크하고 또 테스트하기를 반복했다. 여러 번의 실패를 거듭하면서 동영상 수업 자료를 만들어냈다. 손품이 많이 갔다. 수업 자료를 재구성했다. 선생님들은 기계에 능숙한 엔지니어가 되어가

17) 서울시교육청 온라인 학습관리 매뉴얼. http://www.srook.net/kfcman/637207626699964543

고 있었다. 이제 선생님들 중에 디지털 멀티태스킹, 로딩, 데이터 속도, 와이파이도시락 등의 용어를 모르는 사람이 거의 없을 정도가 되었다.

라이브 방송, 댓글, 채팅, 화상 회의, 미션 설정, 일일 과제 제공, 목표 달성률, 진도율 체크 등 수업을 접촉이 아닌 접속으로 할 수 있다는 것이 신기했다. 가정에서는 와이파이가 문제가 없는지 점검하고 온라인 수업을 할 수 있도록 노트북을 켰다.

IT 강국답게 한국교육학술정보원의 e학습터와 EBS 온라인클래스에 오백만 명이 접속할 수 있도록 만반의 조치가 취해졌다. 하지만 수시로 접속 불량, 서버 다운이 이어졌다. 수업이 끊기거나 연결 흐름이 안 좋을 때는 다시 SNS 대화방을 통해 실시간으로 문제점을 공유하기도 했다. 외부 계정을 통한 소셜 로그인 기능에 오류가 생기기도 했다. 선생님들은 직접 로그인 기능과 바로가기 기능을 학생들에게 단톡방으로 곧바로 알려주기도 했다. 학습 진도율이 반영되지 않거나 과제 제출 코너가 열리지 않는 불편이 반복되었다.

우리 학교는 아침마다 36개 학급이 동시에 ZOOM으로 화상 조회를 한다. 출석 체크를 하고, 전달사항을 전달하고, 입시 자료를 공유하고, 질의응답을 받는다. 1~7교시의 교과 수업은 70퍼센트 정도는 콘텐츠 활용 수업을 하고, 30퍼센트 정도는 실시간 쌍방향 수업을 한다. 실시간 쌍방향 수업으로만 할 경우 학생들이 매일 1~7교시까지 시간표대로 온

종일 실시간 온라인 수업을 들어야 한다. 학생들이 파김치가 되고, PC나 스마트폰 중독에 빠지고, 제 시간에 입장 안 하면 결석 처리되는 사태가 벌어진다.

그럼에도 불구하고 학생들의 트위터 댓글을 한 시간쯤 읽어보니 온라인 수업 태도와 장단점을 알 수 있겠다. 몇 개를 적어보면 다음과 같다.

□ 온라인 수업 진도율 자꾸 맞추지 못함. 수업 듣다가 잠들어서.

□ 방금 일어났는데 온라인 수업 출석 인정 안 된다네.

□ 온라인 수업 이후 늘어난 것은 한 귀로 수업 듣고 한 귀로 딴짓하기.

□ 선생님마다 수업 비교됨. 다른 교사와 실력이 그대로 비교되어, 준비 안 하면 그야말로 인기 없는 교사로…….

□ 온라인 수업 듣다가 자는 사람 나밖에 없을 거야.

□ 우리 국어 쌤 너무 웃겨. ㅋㅋㅋㅋ 지겹지 않은 수업을 하기 위해 발광함. 펭수 가면을 쓰고 수업을 함.

□ 온라인 수업에서 쌤이 〈미스터트롯〉 틀어주는데?

□ 기계치인 내가 수업 다 안 듣고 과제 제출하기 했음.

□ 학습 종료 안 누르고 나가버렸음. 켁켁…….

□ 온라인 수업의 장점도 있군? 태양계에 대해 공부하는데 애가 갑자기 '어, 태양이랑 지구랑 거리가 어떻게 되지?' 이러면서 궁금한 거 바로 인터넷으로 찾아보고, 숙제로 '만약 태양이 사라진다면?'에 대해 에세이를 쓰는데 관련 동영상이나 글 다 찾아보고…… 확장이

가능한 공부 형태가 되는군.

　□ 온라인 수업 이후 아빠가 있어도 방문을 닫을 이유가 생겨서 너무 행복^^

　□ 온라인 수업 이후 운동량 급감. 엉덩이에 살이 찜.

　□ 헉! 기여어흐아하아항. 한 시간짜리 수업에 무슨 강의를 20분짜리 영상을 3개씩이나 올리시나요?

　□ 밥 먹으면서, 후식 먹으면서 수업 들음.

　□ 온라인 수업을 하시니까 쌤들이 샛길로 안 새고 수업만 열라 함.

　□ 무슨 과제물이 매시간 모든 과목마다 있는 거얌? 아! 등교하고 싶다.

　온라인 수업을 마치고 교정을 돌아본다. 복도는 텅 비었다. 쥐죽은 듯이 고요하다. 50여 개의 교실도 모두 텅 비었다. 빈 의자와 책상만이 가득하다. 불도 꺼져 있다. 어두침침하다. 함성도, 비명도, 소란도, 토론도, 시끄러움도, 수다도 없는 교실과 복도! 뒷산에는 영산홍이 가득 피었다. 적막하다. 쓸쓸하다.

'손톱여물'이
뭘까요?

─모국어의 깊이

교과서 『언어와 매체』(비상) 40쪽에 오탁번의 시 「해피버스데이」가 나온다. '시골 할머니'와 '서양 아저씨'의 소통 여부를 배워야 하는데 학생들은 '통쾌해요', '재밌어요', '웃겨요', '술술 읽혀요'라는 반응을 보인다. 발화의 의도와 소통 방식보다는 시 자체가 지닌 골계미에 홀딱 반한 것이다.

'─왔데이!', '─먼데이!', '─버스데이!', '─해피버스데이 투 유!'

시골 버스 안에서 벌어지는 유쾌한 언어의 전복! 논리적인 소통 따위를 무시한 언어유희를 통해 웃음이 전염되면서 정서적인 교감이 멋들어지게 이루어지고 있다.

나는 담화 단원에서 담화 수업을 포기하고, 우리말의 아름다움을 찾아보는 수업으로 학습목표를 변경했다.

"노루잠, 괭이잠, 지난결, 지날결, 잘코사니, 쏨벅쏨벅, 도

둑눈, 숫눈, 잣눈, 욜랑욜랑, 고래실, 나볏이, 두렛일, 설늙은이, 하동지동, 엘레지, 건들장마, 나비숨, 막불경이, 쥐코밥상……."

"어떤 시인의 시어들일까요?"

"백석?"

"서정주?"

"아니야. 시「해피 버스데이」를 쓰신 오탁번 시인의 시집에 나오는 시어들이야."

작가들의 작품 속 어휘를 분석한 사전으로는 임꺽정 사전, 혼불 사전, 백석 사전, 이문구 사전, 박완서 사전, 박경리 사전, 송기숙 사전 등이 있다. 오탁번 시인도 오탁번 시어사전을 만들고 싶다고 한다.

오탁번 시인의 시「실비」를 학생들에게 제시하고 아름다운 시어를 찾아보라고 했다.

실비

비 내릴 생각 영 않는

게으른 하느님이

소나무 위에서 낮잠을 주무시는 동안

쥐눈이콩만한 어린 어린 수박이

세로줄 선명하게 앙글앙글 보채고

뙤약볕 감자도 옥수수도

얄랑얄랑 잎사귀를 흔든다
내 마음의 금반지 하나
금빛 솔잎에 이냥 걸어두고
고추씨만한 그대의 사랑 너무 매워서
낮곁 내내 손톱여물이나 써는 동안
하느님이 하늘로 올라가면서
재채기라도 하셨나
실비 뿌리다가 이내 그친다

'쥐눈이콩', '앙글앙글', '얄랑얄랑', '실비' 등의 시어를 뽑은 학생도 있었지만, 많은 학생들이 '손톱여물'을 뽑았다. 도시 학생들은 손톱여물이라는 단어가 무척 생소한 것이다. 손톱여물이 뭘까요? 밥통(위)이 네 개나 있는 소가 되새김질을 하면서 오래도록 여물을 질겅질겅 씹는 것처럼 손톱을 질겅질겅 씹는 버릇을 일컫는 재밌는 어휘다.

나는 송강 정철의 「사미인곡」, 「속미인곡」, 「관동별곡」, 「성산별곡」을 거의 다 외운다. 암송할 때마다 정철의 가사야말로 우리말의 묘미를 잘 살렸다는 느낌을 받는다. 그래서 학생들에게 「성산별곡」의 일부를 제시하고 우리말의 아름다움을 찾아서 발표하라고 한다.

적은덧 올라 앉아/ 나는 듯 드는 양이/ 뉘라서 베어내어/ 잇는 듯 펼치는 듯/ 헌사토 헌사할사/ 듣거니 보거니 일마다 선간(仙

閒이라/ 곧 없도 아니하다/ 외씨를 삐어 두고/ 매거니 돋우거니/ 빗김에 닳워내니/ 뵈어 신고/ 흩던지니/ 어디로서 오돗던고/ 풋잠을 얼픗 깨니/ 물 위에 떠 있고야/ 굽으락 빗기락 보는 것이 고기로다/ 낮인들 그러할까/ 짝 맞은 늙은 솔란 조대釣臺에 세워 두고/ 그 아래 배를 띄워 갈대로 던져 두니/ 어위겨워/ 모두 어찌 과하는고/ 물결이 채 잔 적에/ 하늘에 돋은 달이/ 손 위에 걸렸거든/ 잡다가 빠진 줄이/ 적선謫仙이 헌사할사/ 어찌한 시운時運이 일락배락 하였는고/ 모를 일도 하거니와 애첩礙음도 그지없다/ 세사世事는 구름이라 머흐도 머흘시고/ 엊그제 빚은 술이 어도록 익었나니/ 잡거니 밀거니 싫카장 기우리니/ 마음에 맺힌 시름 적으나 하리나다/ 손 있어 주인主人다려 이르되 그대 심譜가 하노라/

　　　　　　　　　　　─정철, 「성산별곡」 중에서 [18]

18) 앞서 모든 문학 작품은 원전의 표기보다는 현대어 표기체계로 바꾼다고 했다. 중세시대의 시조, 가사 등의 작품도 모두 중세어 표기 대신에 현대어 표기를 하였다.

　중세 표기법을 가급적 오늘날의 표기법으로 바꾸었다. 얼마간의 한자말을 빼고는 모두 지금 살려 써도 좋을 토박이말이 참 많다. 그러니 「성산별곡」의 바탕이 되는 말가락도 듣는 이에게 아무런 어려움이 없이 함께 느낄 수 있는 순우리말의 아름다움을 지니고 있다.

　학생들과 함께 찾아본 멋드러진 우리말을 보면 '지날손(나그네)', '하건마는(많건마는)', '가지록(갈수록) 나이 여겨(낮게 생각하여)', '삐어(심어, 뿌려)', '뵈어(재촉하여)', '흩던지니(흩어지게 내던지니, 멋을 부리는 말투)', '어위겨워(즐거움을 이기지 못하여)', '과하는고(기리는가, 칭찬하는가)', '헌사할사(야단스럽구나)', '머흐도 머흘시고(험하기도 험하구나)', '싫카장(실컷)', '적으나 하리나다(조금이나마 낫는다)' 등이었다. 리듬감이 느껴지고 감칠맛이 느껴지는 우리말의 표현들이다. 다른 작품에도 출렁이는 글맛이 소복하게 드러난다.

우리말의 아름다움이 느껴지는 시어를 찾아서 발표하라는 수업을 했다. 어떤 학생은 윤석중의 동시 「넉 점 반」을 발표했다. 고등학교 2학년 교실에서 동시를 읽게 될 줄이야!

시계가 없던 시절 엄마는 어린 아들에게 시계가 있는 가겟집에 가서 시간을 알아오라고 했으나, 어린 아들은 곧장 집으로 오지 않고 여기저기 기웃기웃 닭 구경하고, 개미 구경하고, 잠자리 따라 돌아다니고, 분꽃 물고 놀고, 그러면서도 엄마 심부름은 잊어버리지 않으려고 계속 "넉 점 반, 넉 점 반." 했다. 그러곤, 해가 꼴딱 져 돌아와서는 당당하게 "넉 점 반"(4시 30분)이라고 말한다.

다섯 명의 학생에게는 서정주 시에서 모국어의 아름다움을 찾아 발표하라고 했다. 학생들의 발표를 일부 요약하면 다음과 같다.

□ 진달래 꽃비 오는 서역西域 삼만리

'꽃비'라는 단어가 참 멋있다.

□ 구비 구비 은핫물 목이 젖은 새

새가 은하수 펼쳐진 밤에 밤새워 운다는 의미가 되기도 하고, 새가 울어서 그 울음이 은핫물처럼 흐른다는 의미가 되기도 하고, 은하수가 새의 목구멍으로 흘러들어가면서 굽이굽이 흐른다는 의미가 되기도 한다.

□ 초롱에 불빛, 지친 밤 하늘

'초롱에 불빛'이라는 어구가 참 멋있다. 관형격조사인지 부사격조사인지 알 수가 없어서 더 멋지다.

□ 차마 아니 솟는 가락 눈이 감겨서

'차마'는 부정 서술어인 '~하지 않겠다'와 호응해야만 한다. 그런데 희한하게도 '차마 ~눈이 감겨서'와 호응을 한다. 비문이 되는데 더 멋스럽다.

□ 한 집웅 박아지꽃/ 허이여케 피었네

'박꽃'이 '박아지꽃'이 되었고, '하얗게'가 '허이옇게'로 되었다.

□ 연꽃/ 만나러 가는/ 바람이 아니라/ 만나고 가는 바람같이/ 엊그제/ 만나고 가는 바람이 아니라/ 한두 철 전/ 만나고 가는 바람같이

꽃봉우리를 흔들고 가버리는 바람이 섭섭하게, 그러나 아주

섭섭지는 말고 좀 섭섭한 듯만 하게 연밭을 다녀간다.

　□ 저기 저기 저 가을 꽃 자리/ 초록이 지쳐 단풍드는데

'저기'라는 지시 표현은 담화에서 아주 묘한 공간 지점을 의미한다. 초록이 지쳐 단풍이 들다니? 초록이 무슨 큰일을 했길래, 초록이 무슨 힘든 노동을 했길래, 초록이 무슨 힘을 썼길래, 초록이 무슨 행동을 했길래 초록에게 '지쳐'라는 어휘를 붙여주었나? 기가 막히고 코가 막히는 빼어난 표현이다.

　시인들은 우리말을 가장 아껴 쓰고, 우리말을 가장 멋들어지게 호명하며, 우리말을 가장 사랑하는 사람들이다. 시인들은 우리말의 아름다움에 감동하고, 우리말의 아름다움에 사무치는 사람들이다. 고등학교 문학 수업 시간에 우리말의 아름다움에 미쳐보지 않는다면 알맹이가 없는 수업이랄 수밖에!

3

시가 나에게
툭툭 말을 건넨다

책 『난쏘공』과
영화 〈기생충〉이
집에 대한 토론을 한다면?

우리 문학사에는 광야를
노래한 작품이 왜 부족할까?

-광야의 상상력

남녀평등, 양성평등, 여성의 사자후, 사회적 성性의 혼용성이라는 시대적 흐름으로 본다면 '남성적 어조'라는 문학 용어는 시대착오적이며 재검토해야 하는 주장이 어느 정도 설득력 있어 보인다.

이육사, 그의 시에는 '남성적 어조'가 등장한다고 흔히 말한다. 열일곱 번이나 검거되어 옥살이를 계속하고, 결국 중국 베이징 감옥에서 외로이 생을 마감한 264. 죄수 번호가 264여서 필명이 이육사가 된 시인. 서른 살이 넘어서야 비로소 시를 썼고, 시집을 한 권도 남기지 못했으며, 죽은 후에 동생에 의해 고작 20여 편의 시를 묶어 유고시집이 나온 죄수 번호 264. 퇴계 이황의 14대 후손으로 한학에 능통한 시인. 대구로 유학 가서 '의열단'에 가입하면서 평생 항일투사로 살아간 시인. 그가 바로 이육사다.

이육사의 「절정絶頂」이라는 시를 읽으면 온몸이 감전된다. 낭송을 하면 목소리가 나도 모르게 비장해진다. 비장미悲壯美의 압권이다. 문학 교과서에는 이 시를 일컬어 '극한적 한계 상황을 객관화하여 바라보는 가열차고 준엄한 선비의 자세, 정연한 한시漢詩와 같은 구조, 대륙적이고 남성적인 당당한 목소리'라고 해석한다. 이 시의 서정적 자아는 조국 상실과 민족 수난이라는 역사적 현실을 배경으로, 더 이상 물러설 수 없는 결단의 자리에 서 있는 한 사람의 투사이다. 우리의 근대시가 일반적으로 여성 편향적 성격을 지녔던 데 반해 육사의 시는 남성적인 대결 정신과 강인한 대륙적 풍모를 보여준다고 박두진, 김종길, 오세영 시인 등이 평가했다. '강철로 된 무지개'라는 두 가지 대립되는 심상의 역설적 통합도 그러한 정신에서 나오는 현실 초극 의지의 표현일 것이다.

우리 문학사에
광야의 작품이 부족하구나

지금 눈 나리고
매화향기梅花香氣 홀로 아득하니
내 여기 가난한 노래의 씨를 뿌려라

다시 천고千古의 뒤에

백마白馬 타고 오는 초인超人이 있어

이 광야曠野에서 목놓아 부르게 하리라

—이육사, 「광야曠野」 중에서

어조에 강인함과 신념이 실려 있다. 공간적 배경과 시간적 배경의 스케일도 광활하다. 확실히 이런 어휘와 어조는 남성들도 함부로 토해낼 수가 없다. 이런 어조를 여성들이 보여줄 수 있을까? 나는 아직까지 찾지 못했다. 그런 의미에서 이제는 폐기처분하거나 재검토해야 할 '남성적 어조'라는 문학 용어가 이육사에게는 계속 유효할지도 모르겠다. 젠더의 관점에서 본다면 이러한 나의 주장도 뭇매를 맞겠지만······.

이육사의 「광야」를 읊조리고, 안치환의 노래 「광야에서」를 부른다. 성경 구절도 암송한다. 그러면 나는 뭔가 알 수 없는 힘에 이끌리는 느낌을 받는다. 박지원의 『열하일기』를 떠올린다.

『열하일기』의 「호곡장號哭場」에서 연암 박지원은 2천 리 요동벌판을 바라보며 '울 만한 곳이로구나!'라고 감탄을 했다. 일망무제一望無際, 일망무애一望無涯, 호연지기浩然之氣, 무장무애無障無碍, 광대무변廣大無邊의 세상을 목도할 수 있는 곳, 그곳은 광야!

성경에는 다윗, 모세, 요한, 예수 네 인물의 장대한 광야 생활이 나온다. 다윗의 '시편'은 광야의 노래다. 양을 치던 목동이었던 다윗은 사울 왕을 피해 엔게디 광야로 숨어들었다. 그곳은 600미터 이상인 절벽과 협곡과 동굴이 있고, 그 위에는 황량한 넓은 고원이 펼쳐져 있다. 거칠고 황량한 광야에서 다윗은 '여호와는 나의 목자시니 내게 부족함이 없으리로다. 그가 나를 푸른 풀밭에 누이시며 쉴 만한 물가로 인도하시는도다.'라는 엉뚱한 노래를 불렀다. 풀 한 포기 잘 자라지 않고, 물가나 생물도 거의 없는 거친 사막과 음침한 골짜기와 소금호수의 노래치고는 너무 아름답다.

모세와 이스라엘 백성들은 무려 40년 넘게 광야를 헤맸다. '시편' 23절은 다윗이 아들에게 쫓겨 광야를 헤맬 때 쓴 명문이다. 지난 2천 년 동안 수백억 명의 신자들이 가장 좋아하는 성경 구절이기도 하다. 광야의 '시편'! 양떼 털옷을 입고, 밥 대신 메뚜기와 석청을 먹으며 살던 요한은 '나는 한낱 광야에서 외치는 소리일 뿐이다.', '나는 내 뒤에 오시는 그분의 신발 끈을 풀기도 감당하지 못하겠노라.'라는 고백을 하고, 깊은 광야로 들어갔다.

예수는 공생애를 시작하기 전에 사람이 없는 유대광야로 들어가 40일 동안 금식기도를 했다. 거친 들판, 황량한 땅, 바위와 돌 틈, 작열하는 태양, 밤중의 차가운 공기와 모래바람, 굶주린 짐승들의 울부짖음, 극도의 공포와 불안과 괴로움과 기아와 유혹과 시험을 견뎠다.

성경을 읽다가 문득 나는 '우리의 문학사에 광야의 시인, 광야의 시편이 얼마나 존재할까?'라는 궁금증이 생겼다. 신동엽의 『금강』, 채만식의 『탁류』, 박경리의 『토지』를 광야의 노래로 볼 수 있을까? 혜초의 『왕오천축국전』, 박지원의 『열하일기』, 이육사의 「광야」, 「절정」 등을 광야의 노래라고 볼 수 있겠나?

'광막한 광야를 달리는 인생아/ 너의 가는 곳 그 어데냐/ 쓸쓸한 세상 험악한 고해에/ 너는 무엇을 찾으려 가느냐~' 윤심덕이 부른 〈사의 찬미〉는 이바노비치가 작곡한 노래의 번안곡이다. 광야라는 용어가 우리 문학사에 등장한 것은 아마도 이육사의 「광야」가 처음일 것이다.

이후로 우리 문학에 광야라는 어휘가 드문드문 등장한다. 백무산 시인은 「길은 광야의 것이다」라는 시를 썼다. 안치환이 〈광야에서〉라는 노래를 부르면서 우리의 심장에 '광야'를 각인시켰다.

광야에는 길 떠남, 고행苦行, 험난한 여정, 외침, 울부짖음, 부르짖음이 있어야 한다. 광야의 시편들이 우리에게도 간헐적으로 있으나 다윗처럼 경전의 중요한 파트인 '시편' 전체를 광야의 노래로 채운 것처럼 풍부한 광야의 노래를 우리 한국문학사는 아직 갖고 있지 못하다. 우리 시인들은 광야의 상상력이 빈약한 것일까? 시원의 상상력, 극한 고통과 동토의 상상력, 우주적 상상력, 외침과 울부짖음의 상상력, 대지적 상상력, 생태학적 상상력, 종교적 상상력이 서로 결합되는 곳에 비로소 광야의 상상력은 풍성한 함의를 지닐 것이다.

우리 한국문학에 뛰어난 광야의 노래가 더 많이 생성되기를! 광야의 상상력이 풍성해지기를! 그래서 숭고하고 비장한 광야의 시편들이 우리 문학사에 더 많이 지어지기를 기대해본다. 문득, 북한의 문학에는 광야의 노래가 좀 더 있을지도 모른다는 엉뚱한 생각을 해본다. 궁금하다. 하여튼 제자들아! 젊은이들이여! 너희들은 광야로 가라.

모더니스트가 왜
촌놈의 언어를 고집했을까?

–백석의 이중성

"학생 여러분! 청배, 무이징계국, 달재 생선, 떡국이, 털이 드문드문한 고기를 얹은 시커먼 맨모밀국수, 흰밥과 가재미, 진장에 꼿꼿이 지진 달재 생선…… 이런 음식 이름이 무려 110여 가지가 나오는 시편들! 누가 썼을까요?"

"음식 이름이 나오는 시가 전체 시의 60퍼센트가 넘는 시인은 누구일까요?"

"배척한, 비릿한, 구릿한, 달큼한, 시금털털한 등 맛을 표현하는 미각 형용사가 30회나 나오는 시를 쓴 시인은 누구일까요?"

"째듯하다, 쇠리쇠리하다, 그느슥하다, 해바르다, 볕바르다, 까알까알, 벅작궁벅작궁, 비예고지, 짜랑짜랑, 쩜벙쩜벙, 튀튀, 호이호이, 쇳스럽다, 썩심하다, 자즌닭 등 사전에 나오지 않는 개인어個人語를 창조했거나 토속어, 평안도 방언을 즐겨 쓴 시인은 누구일까요?"

"깊은 산골로 가 마가리에 살자……/ 눈은 푹푹 내리고/ 나는 나타샤를 생각하고/ 나타샤가 아니 올 리 없다/ 언제 벌써 내 속에 고조곤히 와 이야기한다라고 노래한 시인. 마가리는 평안도 사투리입니다. 오두막을 의미하죠. 누구 작품이죠?"

문학 교과서에 가장 많이 등장하는 시인

백석은 2015 개정 교육과정 고등학교 문학 교과서에 가장 많이 언급된 시인이다. 9종의 교과서에 김소월, 서정주, 정지용, 한용운, 김수영, 김춘수, 김영랑을 제치고 1위에 올랐다. 문학 교육의 측면에서 볼 때 가장 조명받는 시인이다.

출판사	장르	작가	작품
금성출판사	시	백석	흰 바람벽이 있어
동아출판	시	백석	여우난 골족
비상교육	시	백석	여우난 골족
좋은책신사고	시	백석	남신의주유동박시봉방
지학사	시	백석	흰 바람벽이 있어
창비	시	백석	국수
천재교과서	시	백석	남신의주유동박시봉방
천재교육	시	백석	모닥불
해냄에듀	시	백석	흰 바람벽이 있어

로맨티스트 백석의
사랑, 사랑, 사랑!

모가지가 길어서 슬픈 짐승이여/ 언제나 점잖은 편 말이 없구
나/ 관(冠)이 향기로운 너는/ 무척 높은 족속이었나보다.

—노천명, 「사슴」 중에서

"여기서 '모가지가 길어서 슬픈 짐승'은 어떤 시인을 일컬
을까요? 노천명 시인이 사랑했던 모가지가 길어서 슬픈 남
자 시인은 누구였을까요?"

사랑은 시의 자양분! 백석의 작품도 그를 스쳐 지나간 아
프고 애틋한 사랑에서 완성됐다. 당대 '모던 보이' 백석은
많은 여성들의 사랑을 받았다. 노천명(1912~1957)과 최정희
(1906~1990) 등 당대 주요 여류 문인도 백석에 대한 애정을
작품으로 표현할 정도였다. '모가지가 길어서 슬픈 짐승이여
언제나 점잖은 편 말이 없구나'로 시작하는 노천명의 대표작
「사슴」에서 사슴은 백석을 가리켰다고 한다. 당시 가까이
지냈던 노천명, 모윤숙, 최정희 3인방은 백석과 친했는데, 세
사람은 백석을 '사슴', '사슴 군'이라고 불렀다. [19]

이런 인기에도 백석의 사랑은 늘 비
극적이었다. 백석이 '란(蘭)'이라 지칭한
경남 통영 출신의 박경련은 그가 평생
을 두고 사랑한 여인이었다. 백석은 이화고녀를 다니던 박

19) 『백석 평전』, 안도현, 다산책
방, 2014

144

경련을 보고 한눈에 반했지만 박씨 집안의 반대로 결혼은 무산된다. 박씨가 그의 친구이자 《조선일보》 동료 기자였던 신현중과 결혼하자 충격을 받고 백석은 함흥으로 떠난다. 박씨를 만나기 위해 통영을 찾았던 기억은 시 「통영」 등과 「남행시초」 연작으로 남았다.

실연의 충격에 빠져 허우적대던 백석은 함경도로 떠나고, 1936년 함흥 영생여고보 회식에서 만난 기생 김씨와 사랑에 빠진다. 백석은 김씨를 '자야'라 부르며 잠시 동거하기도 했지만, 1939년 백석이 만주로 떠나며 헤어지게 된다.

자야는 1938년 발표한 백석의 대표작 「나와 나타샤와 당나귀」 속 나타샤의 모델이다. 나타샤는 러시아어다. 톨스토이의 소설 『전쟁과 평화』 여주인공의 이름이지만, 백석은 북구의 소녀를 통칭하는 보통명사로 나타샤를 사용했다는 것이, 시인 신경림의 해석이다. 백석과 헤어진 뒤 자야는 백석을 그리며 평생 홀로 살았다. 자야는 훗날 "천억을 주어도 백석의 시 한 줄과 바꾸지 않겠다."라는 유명한 말을 남겼다. 백석의 시 한 줄이 천억 원이 넘는 돈보다도 더 값지다니!

세련된 외모의 반전,
너무나 토속적인 정서와 시어들

검은 구두에 양복 입은 젊은 멋쟁이 신사 모던 보이 백석이었지만, 작품 속에는 북녘 지방의 토속 방언들로 꽉꽉 채워 넣었다. 마가리, 몽둥발이, 매감탕, 토방돌, 아릇간, 홍게 등, 텅납새, 무이징게국, 가즈랑집, 깽제미, 쇠리쇠리하야, 홰 줏하니…… . 이처럼 이제는 거의 들을 수 없는, 들어도 무슨 말인지 가늠하기 어려운 북쪽 지방의 방언들을 백석은 시 속에 아름답게 녹여냈다. [20]

20) 『백석 시를 읽는다는 것』, 고형진, 문학동네, 2013

백석은 이미 표준어가 정착한 시기에 창작 활동을 한 시인이다. 신문사의 편 집 일을 맡기도 해서 다른 누구보다도 표준어와 방언의 차 이를 잘 알았을 것이다. 그런 그가 왜 굳이 방언을 고집했을 까? 그가 구사한 방언은 용례가 매우 구체적이고 세밀해서 한국어의 질량을 한껏 느끼게 해준다. 또한 백석 시의 방언 구사는 아이의 시각과 목소리로 이루어지는 면이 많다.

토속어, 사투리의 마귀에 씌었나? 당대 최고의 엘리트 지 식인, 곱슬머리 양복쟁이이며, 일본 유학생이며, 신문물에 가장 많이 노출되었던 모더니스트인 백석. 하지만 가장 토 속적이고 향토적인 시어를 구사한 백석!

그는 토착어의 적절한 활용과 토속 풍경을 배경으로 한 원초적 삶의 조명, 체험을 바탕으로 한 감각적 구상적 표현, 전통적 율격과 접목하여 이야기와 대화를 섞어 쓴 산문시적 기법, 삶의 리얼리티를 통한 민족 공동체적 연대감 형성, 자 신의 어릴 적 생활 반경과 연관된 고향 근처의 지명을 소재 로 활용, 일가친척 및 이웃들과의 공동체적 체험을 바탕으 로 시를 썼다. 또한 어릴 때 보고 들은 샤머니즘적 요소들에 대한 기억을 살려 시를 쓰기도 했다.

그가 왜 모더니스트로서의 시어를 구사하지 않았는지는 아직 명쾌하게 밝혀지지 않았다. 토속어의 매력에 푹 빠졌던 것일까? 백석은 당대 최고 엘리트 지식인이면서 동시에 북방 촌구석의 촌놈이었고, 바보천치였고, 시골뜨기였다. 왜일까?

'아니눈물'은 피눈물보다
얼마나 진할까?

.

"여러분, 액체 중에서 가장 아름답고 순수한 액체는 무엇일까요?"

"천연수! 지하수! 암반수! 아리수!"

"신이 내린 감정의 자연 치유제라고도 하는데, 슬플 때도 나오고, 기쁠 때도 나온단다."

"눈물입니다."

"그렇지, 그런데 너희들 혹시 피눈물이라는 말은 들어 봤니?"

"네. 진짜 눈물에 피가 섞여 있나요?"

"그럼. 피가 섞인 눈물이 진짜 있지."

"그런데 얘들아, 혹시 '아니눈물'이라는 눈물을 아니?"

"네? 그런 눈물도 있어요? 그거 띄어쓰기 잘못한 것 아닌가요?"

김소월의 「진달래꽃」을 이미 모든 학생이 배웠다. 상기시킨다. 그러자 어떤 학생은 암송을 한다. 큰소리로 낭송을 한다.

'아니눈물'이라는
강력하고 절대적인 눈물

나의 대학교 은사이신 오탁번 선생님은 '죽어도 아니,/ 눈물흘니우리다'로 해석할 수도 있고, '죽어도/ 아니눈물/ 흘리우리다'로 해석할 수도 있다고 강조하곤 했다. [21] 그땐 왜 그렇게 놀라웠는지!

"자, '아니눈물'을 한 덩어리로 뭉쳐서 읽어 봐. 그러면 '아니눈물'이라는

21) 『알요강』, 알요강-몽유시창작교실, 오탁번, 2018

새로운 합성어가 만들어진 거야. 무슨 뜻일까? '울지 않으려는 마음조차도 다 무無로 돌려버리는 절대 고독의 극한에서 흘리는 뼈저린 눈물'이라는 새로운 창조어야. '아니눈물'은 너무나 강력한 눈물이야. 보통 사람은 결코 흘릴 수 없는 눈물이지. 아직 국어사전에는 등재되지 않았어. 김소월 시인이 새로운 단어를 창조한 거야! 시인은 없는 단어를 창조하는 창조자지."

피눈물, 짠 눈물, 싱거운 눈물, 뜨거운 눈물, 매운 눈물, 눈물꽃, 눈물밥, 눈물샘은 있어도 '아니눈물'은 도대체 무슨 눈물이지? '죽어서도 결코 눈물을 흘리지 않겠다'의 반어법으

로 읽히는 것이 아니라, '아니눈물'이라는 눈물을 죽어서까지 저승에서도 펑펑 흘리고 싶다'는 절절한 의미로 해석이 되는걸? 이상하지? 너무 놀랍지? 마법인가?

역겹고, 역겨운 시어를 봐.
역겹지?

나 보기가 역겨워 가실 때에는 말없이 고이 보내 드리오리다

역겹다고? '역겹다'라는 시어는 아름다운가? 아니면 역겨운가? '역겹다'를 사전에서 찾아보니 '먹은 음식을 토할 만큼 거슬리는 듯하다'라는 의미다.

님을 보면 구토를 하고 싶다고? 웩! 지저분한걸! 그런데 '역겨워'라는 용어가 역겨울 텐데 전혀 그렇게 느껴지지 않는 것은 왜일까? 신묘하군.

역겨운 녀석을 고이 보내드리온다고? 너무 겸손한 거 아냐? 역겨운 녀석을 극존칭으로 이별한다고?

영변寧邊에 약산藥山 진달래꽃 아름따다 가실 길에 뿌리우리다

영변의 약산을 사진으로 보니 핵발전소 옆에 있군. 20분도 안 되는 거리에 핵발전소가 있어. 아, 끔찍해. 진달래꽃들이 모두 방사능을 마시면서 돌연변이가 될 것 같은데? 근

데 말이야, 진짜 웃긴 것은 진달래꽃을 꺾어서 선물로 주거나 가시는 길에 뿌린다는 거야. 나는 연애를 하면서 한 번도 진달래꽃을 따다가 애인의 길바닥에 뿌려본 경험이 없거든. 이거 새빨간 거짓말 아닌가? 장미꽃이면 이해하겠어. 진달래꽃을 뿌린다는 건 이 시 말고는 어디에서도 본 적이 없거든. 혹시 너희들은 봤니?

하여튼 우리가 사랑하지만, 토하고 싶을 만큼 역겨워서 이별하게 된다면, 여러분들은 이 시처럼 할 수 있겠어? 절대 욕도 안 하고, 복수도 안 하고, 징징거리지도 않고, 말없이 고이 보내주고, 님이 가시는 길 위에 진달래를 아름아름 따다가 고이고이 뿌려줄 수 있겠어? 그런 이별이 가능해? 아, 말도 안 돼.

김소월이 「먼 후일」을 스무 살에 지었다고?

시인 김소월은 열여덟 살에 「그리워」라는 작품을 쓰고, 스무 살에 「진달래꽃」, 「먼 후일」, 「엄마야 누나야」 등의 시를 썼어. 김소월의 시는 대부분 18~23세 사이에 창작되었어. 그 젊은 나이에? 스무 살 안팎에 사랑과 이별과 그리움과 인고와 기다림과 한의 정서를 뼈저리게 깊이 체득하고, 사무치는 뛰어난 작품을 남겼다고? 그게 가능할까?

김소월은 도대체 얼마나 조숙했던 것일까? 1910년대는 사춘기에도 이별, 한恨, 그리움이 사무치던 시대였는가? 알다가도 모를 일이다.

그래서 김소월의 개인사를 들추어보았다. 1904년에 아버지가 철도 건설 문제로 일본인들에게 폭행당해 정신이상자가 되는 사건이 벌어지면서 소월은 세 살 때부터 할아버지 집에서 지내게 된다.

소월이 네 살 때 숙모 계희영이 소월 집안으로 들어온다. 숙모는 어린 소월을 앉혀놓고 자신이 알던 전래동화나 민요들을 들려주었다고 한다.

오산학교 재학 도중인 김소월은 1916년 할아버지의 주선으로 14세라는 어린 나이에 할아버지의 친구였던 홍명희의 딸 홍단실과 결혼한다. 이후 소월은 오산학교에서 같이 수업을 받던 오순이라는 여성과 교제를 하게 된다. 하지만 소월은 이미 홍단실과 결혼을 한 상태였기에 두 사람의 인연은 오순이가 열아홉 살의 나이로 시집을 가게 되면서 끊어졌고, 오순은 의처증이 심했던 남편의 학대를 견디지 못하고 22세의 젊은 나이로 자살을 하고 만다. 이 당시 소월은 이루어지지 못한 사랑을 탄식하며 여러 편의 사랑과 이별 시를 썼는데 「초혼」은 오순의 장례식에 참석한 직후에 썼다고 한다.

이런! 사별의 아픔이 있었군. 사춘기 시절의 정신적 방황, 사랑의 아픔, 생활의 고통, 숙모의 전래동화와 민요가 김소월 시의 물적·정신적 토대가 되었다고 볼 수 있다. 그럴지라도 매우 어린 나이에 독보적인 언어 감각과 시작법을 보였다는 것은 불가사의하다. 천재적인 능력을 타고났다고밖에 설명할 수 없겠다.

먼 후일後日

먼훗날 당신이 찾으시면
그 때에 내 말이 "잊었노라" [22]

22) 원작의 전각 표시는 큰따옴표가 아니라 『 』 표시였다. 하지만 교과서에 실릴 때는 모두 큰따옴표로 표기하였다.

당신이 속으로 나무라면,
"무척 그리다가 잊었노라"

그래도 당신이 나무라면,
"믿기지 않아서 잊었노라"

오늘도 어제도 아니 잊고
"먼훗날 그 때에 잊었노라"

스무 살에 이런 시를 썼다는 것을 어떻게 이해할 수 있을까? 반어법과 큰따옴표 구사, 그리고 평소 쉽게 쓰는 표현을 점층과 반복을 통해 멋지게 살렸다. 스무 살의 나이에 이처럼 놀라운 작품을 쓰다니, 참으로 알다가도 모를 일이다. 김소월은 어법의 달인이고, 느낌 표현의 달인이다.

"학생들아! 제자들아! 여러분은 어떠신지요?"

외계어를 구사하는 열여덟 살 고등학생들의 반응은 시큰
둥하다. 우리 시대 사랑의 방식이 달라진 것이 분명하다. 너
무 쿨한 시대에 살고 있는 것이다.

'시인'을 한 글자로 줄이면
'신神'이 될까?

-종교의 언어와 시의 언어

    □ 시인은 신과 인간 사이에 존재한다. ―횔덜린

    □ 시인은 '응답하는 자, 부름을 받은 자, 건넴을 받는 자, 성스러움을 독촉하는 자'이다. ―횔덜린

    □ 시인은 정신적이며 영적인 개벽을 꿈꾸는 자다. ―단테

    □ 시인은 시를 써서 살풀이를 해주는 무당이다. ―신현수, 김언희, 고영서 등

    □ 시인은 고독한 단독자다. ―정현종

    □ 시인은 눈물 흘리는 일을 대행하는 곡비哭婢다. ―최광임

    □ 시인은 초월적인 견자에 해당한다. ―랭보

    □ 시인은 삶과 우주의 비의를 캐는 자다. ―장석주, 조용미, 이종암 등

    □ 시인은 우주적 리듬을 호흡하고 존재의 궁극에 도달하는 특별한 존재다. ―고재종

시인과 신神은 미다스의 손을 지닌 창조자이다. 시인은 감히 신만이 알 수 있는 인생과 우주의 섭리와 비의秘義를 그의 시적 감수성으로 찾아내려고 발버둥치는 사람이다. 고양高揚된 감정과 관찰의 어떤 지점에서 인생의 비의를 체험하는 순간 시와 종교는 필연처럼 만난다.

종교 용어와
시어의 관계

　　종교 용어는 시 정신과 미학에 기여할 수 있을까? 아니면 미학을 억압할까?

　　영원성에 대한 추구, 신성의 지상적 복원에 대한 의지, 영성에 대한 내밀한 감각, 사랑의 구현, 불가시적 세계에 대한 견자見者로서의 역할, 현세적 욕망에 대한 성찰, 무욕의 삶 등 시 창작에 있어서 종교적 상상력은 매우 중요한 테마가 된다.

　　샤머니즘을 밑바닥 정서로 삼은 시인으로는 김소월, 백석, 서정주, 고정희, 김초혜, 최승자를 들 수 있다. 불교적 사유가 깊게 스민 시인은 한용운, 서정주, 김달진, 조지훈, 고은, 홍신선, 오세영, 김지하, 이성선, 최동호, 황지우다. 서정주는 불교와 샤머니즘을, 김달진은 불교사상과 노장사상을, 조지훈은 불교와 유교사상을, 홍신선과 오세영은 서정시와 불교의 선적 감각을 결합했다. 정지용, 윤동주, 박두진, 박목월, 김현승, 천상병, 정호승, 고진하는 기독교적 시편을 썼다. 구상, 김남조, 성찬경, 김종철 시인은 가톨릭 시편을 썼다. 뛰어난 시인들은 결국 종교를 건드렸다. 삶과 죽음, 선과 악, 실존과 현상, 찰나와 영원, 인간과 우주를 깊이 탐색하다 보면 필연적으로 시와 종교는 홀연 만나게 된다.

그런데 어떤 시인들은 시 작품에 종교 용어가 들어가는 것을 기피한다. 신앙시는 아류작이고 이류시라고 폄하하기도 한다. 종교가 시의 순수성을 훼손하거나, 시가 종교의 타락에 물들어버리거나, 신앙에 종속되는 오류를 범한다는 것이다. 오늘날 종교의 타락과 배타성이 점점 심해지고 있기 때문에 종교 용어를 기피하는 시인들이 늘고 있는 것은 사실이다.

종교 용어를 시 작품 안으로 가져올 경우 종교 용어는 교리적 성격을 벗어나 메타포의 성격을 더 크게 함유하는 시어가 되는데, 어떤 분들은 시어로 탈바꿈한 종교 용어를 끝까지 종교 용어의 테두리 안에서 해석하려고 한다. 그럴 경우 시는 종교를 위해 봉사하는 목적성이 강한 신앙시로 귀속된다. 즉 시가 팍 죽어버린다. 시어로 들어온 종교 용어는 종교적 접근을 벗어나야 하는 것이다.

□ 예수님은 시인이다. 광야를, 도시를, 해변을, 다락방을, 언덕을 돌아다니면서 시를 썼다. 새것과 낡은 것을 동시에 바라보는 독특한 시선을 가졌다.

□ 나락 한 알은 우주론적인 대사건이다. 눈에 보이지도 않는 까만 잔디씨 한 알은 우주론적 대사건이다. 그것을 골라 먹는 참새의 작은 몸짓, 참새의 먹성을 피해 기어이 싹을 틔우는 씨앗의 숨바꼭질도 우주론적 대사건이다. 종교의 언어와 시의 언어는 나락 한 알과 같다.

□ 시와 종교는 '말'과 '말씀'을 사용하고, 부리고 섬기고 뿌리는 행위라는 유사성을 지닌다.

□ 시와 종교는 삶의 생경함과 생생함과 사랑의 절절함을 간절하게 추구하는 유사성을 지닌다.

□ 시와 종교에는 일상의 범위를 뛰어넘는 특수하고 놀라운 새로운 감각이 존재한다. 영성과 묵도와 참선, 동안거의 경지는 힘들고 지난한 감성의 투쟁이어야 가능한 것이고, 시의 전위적인 감성도 이와 비슷한 측면이 있다.

『그리스도 폴의 강』을 읽는다,
새벽에……

구상 시인의 시집『그리스도 폴의 강』은 한강을 소재로 한 65편의 연작시이다. 한강에 바치는 명상이요, 기도요, 구도요, 구원이요, 사상이요, 철학이며 은유다. 한강을 향하여 그리스도 폴의 강이라고 호명하다니 동서고금의 문학사에 처음 있는 일이다. 유럽의 성인상 중에는 지팡이를 짚고 한 소년을 어깨에 메고 강물을 건너는 사람의 형상을 흔히 볼 수 있는데, 그가 바로 성 크리스토퍼Saint Christopher이다.

구상 시인은 당호를 관수재觀水齋라 하고 서재에 '관수세심觀水洗心'이라는 편액을 걸어놓고는, 그 글귀대로 여의도 윤중제방에 나아가 유유히 흘러가는 한강을 바라보며 마음을 씻어내곤 한다. 그는 그리스도 폴의 젊은 날 방탕한 생활과 그 이후의 소박한 구도의 삶이 자신과 비슷하다고 보고 '강'을 회심回心의 일터로 삼아 연작시를 썼다. 강은 실제의 삶이 전개되는 생활의 현장이자 구세주를 기다리며 헌신하는 구도의 공간이다. 강을 통해 자신의 과거를 돌아보고 현재의 삶을 직시하며 새날의 영광을 추구하려 한다. [23] '관수재'라는 말의 뜻 그대로 강물을 바라보며 거기서 삶의 진실을 발견하고 신앙의 진수를 성찰하는 은수자隱修者의 행적을 본받으려 한다.

23) 시와 종교적 상상력의 지형도, 이숭원, 《서정시학》 19(3), 2009.9

'여모세, 기도서, 망사, 갈원, 청렬, 세례, 순교, 성체, 미사, 묵주, 세족례, 영성……' 등은 가톨릭 용어다. '실유實有, 회심, 수행, 예토穢土, 정토, 피안, 억겁, 윤회' 등은 불교 용어다. 시집 『그리스도 폴의 강』에는 불교 용어와 가톨릭 용어가 서로 절묘하게 어울리고 스며서 새로운 지평의 미학을 보여주고 있다. 풍성한 영감과 사유와 영성과 고뇌와 회심으로 가득 차 있다. 퍼도 퍼내도, 읽어도 읽어도 마르지 않는, 존재론적인 무게감과 숭고미가 이보다 더 절절하게 느껴지는 시집은 한국 시문학사에 없을 것이다.

탄천을 걸으면서 이 시집을 읽는다. 쏙쏙 읽힌다. 어떤 시인이 나에게 종교 용어를 시에 가급적 쓰지 말라고 충고한 적이 있다. 아무도 읽지 않을뿐더러 오히려 시를 망친다고 했다. 종교의 그물망에 시가 갇힌다는 것이다. 그럴까? 그렇지 않아. 절대 아니라고 그 자리에서는 반론을 펴지 못하고 침묵을 지킨 적이 있다. 확실히 요즘은 『그리스도 폴의 강』 같은 시집이 나오지 않는다. 김종철, 이태수, 고진하 시인이 명맥을 잇고 있을 뿐 맥이 끊어진 듯하다. 시적 토양이 완전히 달라졌기 때문일까? 우리 시문학의 영토가 좁아진 것일까? 그것도 아니면 무엇 때문일까?

욕망이여, 입을 열어라!
그 안에서 무엇을 발견할까?

-김수영의 언어

　김수영 시인의 작품은 7차 교육과정, 2009 개정 교육과정, 2015 개정 교육과정에서 모두 비중 있게 나온다. 시대가 바뀌어도 교과서에서 차지하는 비중이 꽤 있는 거포 시인이다. 「눈」, 「푸른 하늘을」, 「폭포」, 「어느 날 고궁을 나오면서」, 「풀」, 「사랑」이라는 작품이 교과서에 실려 있다. 그중 「어느 날 고궁을 나오면서」는 9종 교과서 가운데 4종 교과서에 실렸다.

　김수영의 「어느 날 고궁을 나오면서」와 윤동주의 「쉽게 씌어진 시」는 함께 묶어서 같은 단원에 나온다. 두 작품은 시적 화자가 시대 현실과의 갈등으로 괴로워한다는 점에서 반성, 성찰, 부끄러움의 유사성을 지니고 있다. 「어느 날 고궁을 나오면서」에서 화자는 '땅 주인', '구청 직원', '동회 직원'과 같이 가진 자, 힘 있는 자에게는 반항하지 못하면서,

'이발쟁이', '야경꾼'과 같이 가지지 못한 자, 힘없는 자에게는 사소한 일로 흥분하는 자신의 모습을 돌아본다. 커다란 부정과 불의에는 대항하지 못하면서 사소한 것에만 흥분하고 분개하는 자신의 모습을 반성함으로써 화자는 자기모멸의 감정에 빠지게 된다. 또한 절정 위에서 조금쯤 옆으로 비켜서 있는 자신의 방관자적 자세를 확인하고 보잘것없는 자신의 존재를 비판하고 반성하게 된다. 시인은 이 시를 통해 아무 죄 없는 소설가를 구속하고 자유를 억압하는 정치 권력에 정면에서 대적하지 못하고 방관하는 지식인의 무능과 허위의식을 폭로하며 진지한 자기반성을 하고 있다.

　욕망이여 입을 열어라!
　그 속에서 사랑을 발견하겠다

　김수영의 시 「사랑의 변주곡」은 한국 현대시의 절창으로 손꼽히는 작품이다. 하지만 고등학교 교과서에 실리기에는 다소 어려운 작품이기도 하다. 그래서인지 「사랑의 변주곡」이 고등학교 문학 교과서에 실린 적은 아직 없다. 4·19에서 5·16, 그리고 군부독재로 이어지는 정치적 격동의 세월 속에서, 자유의 갈망이 좌절당한 현실에 대한 고뇌와 성찰, 그리고 그 속에서 싹튼 희망의 씨앗을 온전히 담아내려 한 시! 과연 고등학생들이 온전히 감상할 수 있을까?

욕망이여 입을 열어라 그 속에서/ 사랑을 발견하겠다

지금도 많은 이들의 사랑을 받고 애송되고 있는 첫 구절
이다. 나 또한 가끔씩 수업 시간에 큰소리로 인용하고는 한
다. 시인은 '욕망-(벌려진)입'의 이미지를 '사랑'과 대비시킴
으로써 자신의 시대에 대한 시인의 날선, 준엄한 비판의식
을 드러내고 있다.[24]

24) [현대시 따져 읽기①] 한
정직한 퓨리턴의 좌절-김수영
의 「사랑의 변주곡」 따져 읽기,
오태환, 시안사, 《시안》 6(4),
2003.12

김수영은 마포 서강에서 생계를 위
해 양계장을 운영했다. 시작에 몰두할
수 없었던 그는 곤궁한 자신의 처지를
한탄하기도 했다. 어둑한 밤, 마포 서
강은 어둠 속을 흐르고, 그 위에는 강안개가 깔린다. 도시의
변두리 낡은 집 좁은 방구석에서 라디오를 틀어놓은 채 마
포 종점 기차 소리가 들려오고, 희미한 불빛 아래 사랑의 의
미를 묻고 고뇌하는 시인 김수영의 모습이 떠오른다. 가느
다랗게 새어나오는 라디오 소리가 어둠 속에 묻히고, 그의
시선은 강 건너 보이지 않는 어둠 속으로 이끌린다. 그리고
어둠 속에서 자라나는 '쪽빛 산'을 마주한다. 늦겨울 어둠 속
앙상한 나뭇가지에서 움트고 있는 생명의 기운, 그 속삭임,
그 일렁임…….

시인은 자신의 환상을 '사랑'이라 일컫는다. 찌지직 라디
오 소리도, 덜커덩 기차 소리도, 그에게는 사랑의 소리로만
들린다.

복사씨와 살구씨가 한번은 이렇게
사랑에 미쳐 날뛸 날이 올 거다!

한자어에 능통한 김수영 시인은 「사랑의 변주곡」에 암호를 심어놓았는데 '복사씨와 살구씨와 곶감씨의 아름다운 단단함이여'라는 구절이다. 복사씨(봉숭아씨)는 도인(桃人=道人, 이념가), 살구씨는 행인(杏人=行人, 실천가), 감씨는 시인(柿人=詩人)으로 암호를 풀이할 수 있다. 「사랑의 변주곡」은 아들에게 주는 유훈遺訓의 성격이 짙은데 이념가, 실천가, 시인을 통해 혁명과 사랑에 대해 절절하게 외치고 있는 듯하다.

이렇게 암호를 풀면 '욕망이여 입을 열어라 그 속에서 사랑을 발견하겠다'와 '복사씨와 살구씨가 한번은 이렇게 사랑에 미쳐 날뛸 날이 올 거다!'라는 문장이 얼마나 뜨겁게 감전되어 다가오는지 모른다.

복사씨와 살구씨가/ 한번은 이렇게/ 사랑에 미쳐 날뛸 날이 올 거다!

이 구절만 따로 떼어서 칠판에 큼직하게 적어놓는다.
"이게 무슨 의미일까? 상상력을 작동시켜 봐, 떠오르는 생각을 얘기해 봐."
그러면 학생들은 다양한 상상력을 풀어놓는다.
「사랑의 변주곡」을 교사인 나조차도 모든 구절을 다 이해할 수는 없다. 하물며 학생들은 어떠랴. 몇몇 구절은 대충 건너뛸 수밖에 없다. 하지만 몇몇 구절은 암송하기에 좋다. 섬광처럼 번쩍이고, 번개처럼 감전이 되는 몇 구절을 낭송하는 것만으로도 썩 좋은 시! 그것이 김수영 시의 매력이다.

가장 높은 음역의 색깔은
노란색일까?

-황동규의 언어

2018년까지 배웠던 고등학교 문학 교과서(24종)에는 황동규의 시 「오색」, 「즐거운 편지」, 「기항지1」, 「조그만 사랑노래」 등이 실려 있다. 2019학년부터 배우는 문학 교과서(9종)에는 「즐거운 편지」, 「세일에서 건진 고흐의 별빛」 두 작품이 실려 있다. 「세일에서 건진 고흐의 별빛」은 '문학과 인접 매체'라는 단원에 실려 있다.

상호 텍스트성, 즉 미술 작품을 보고 쓴 시, 미술과 시의 상호 융합 작용을 다루는 단원이다. 새로운 교과서에는 매체언어, 매체문학 등 시, 소설, 영화, 연극, 음악, 미술 등의 상호 넘나들기를 강조하고 있다. 그런 의미에서 「세일에서 건진 고흐의 별빛」이라는 작품은 매우 적절한 작품에 해당한다.

황동규와 고흐,
빛의 세계에서 만나다

쏟아질 듯 휘몰아치는 붓자국으로 수많은 명화를 남긴 화가 반 고흐. 방 전체를 해바라기로 채우고 싶을 만큼 해바라기를 사랑했던 남자.

고흐의 그림에는 노란색이 많다. 〈보리밭〉 연작의 노란색, 〈오베르 교회〉, 자신의 방을 그린 〈아를르의 침실〉에도 밝은 황금색이 칠해져 있다. 〈열두 송이 해바라기〉, 〈밤의 카페 테라스〉, 〈노란색 고흐의 집〉, 〈별이 빛나는 밤〉 등 이 세상에 없는 듯한 고흐만의 노란색, 햇빛을 따라 아를르로 이사한 고흐의 그림에는 분명히 태양의 따사로움과 격렬함을 재현한 듯한 노란빛이 충만하다.

"노란 높은 음에 도달하기 위해서죠. 올여름 그것에 도달하기 위해 나로서는 스스로를 좀 속일 필요가 있었어요."

고흐가 한 말이다. 그는 아를에서 노란색의 찬란한 빛깔을 얻기 위해서 여름 내내 압생트에 취해 있었다고 한다. 과음 후 환시로 나타나는 찬란한 노란빛에 매혹되어 그 빛깔을 자기 캔버스에 옮기기 위해 더욱더 압생트를 마시며 자기 몸을 불살랐단다. 〈해바라기〉는 고흐의 그림 중 단연 아름답다. 이 그림은 고흐가 아를에서 동료였던 폴 고갱과 다툰 후 발작을 일으키고 자신의 귀를 자르는 자해 소동을 벌여 주민들의 신고로 들어가게 된 정신병원에서 그린 작품이다.

프랑스 아를의 밤은 차양에 비친 노란 불빛과 푸른 밤하늘을 담아낸 〈아를르의 포룸 광장의 카페 테라스〉에서 빛을 발한다. 당시 인상파 화가들에게 빛은 대지 위의 모든 자연과 사물을 깨우는 힘으로 작용했기 때문에 물체의 윤곽, 색상, 질감을 표현하기 위해 야외에 나가 빛을 탐색하는 것은 당연한 일이었다. 하지만 자연의 빛과 인공의 빛이 공존하는 밤을 그리는 일은 일종의 모험과도 같았다. 고흐에게 밤의 정경은 색채와 형태의 구성에 종속되지 않고 자신의 주관적인 감정을 투영할 수 있을 뿐 아니라 동적인 힘과 정적인 아름다움을 구현할 수 있는 주제였다.

  고흐는 유유히 흐르는 론강의 밤하늘에 코발트블루를 묻힌 붓 자국을 힘껏 펼치고, 노란색의 방사형 별빛 가운데 흰색 물감을 짜내어 점을 찍음으로써 아름다운 별빛을 수놓았다. 고흐에게 노란색과 파란색 빛은 대지 위의 모든 자연과 사물을 깨우고, 영혼과 광기를 쏟아내는 힘으로 작용했다.

  그런 고흐의 그림을 세일에서 산 황동규는 시를 남겼다. 그리고 고등학교 문학 교과서에 실렸다.

  빛나라, 별들이여, 빛나라 편백나무여
  세상에 빛나지 않는 게 어디 있는가.
  있다면, 고흐가 채 다녀가지 않았을 뿐.
                      —황동규, 「세일에서 건진 고흐의 별빛」 중에서

별빛은 황동규에게 우주를 떠돌며 살아가는 생명이다. 별빛은 피안의 생명이며, 이승의 시간을 탈출한 생명이다. [25]

'빛들이 몸 가벼운 쪽으로 쏠리다 맑아져/ 분광分光 그만두고 스펙트럼 벗어나 우주 속으로 사라졌다가/ 지구의 하늘이 그리워 돌아온/ 저 색'(「풍장 25」)

25) 시간 뒤에 숨은 '홀로움'으로, 그 내면의 여정 : 황동규 시의 50년을 따라, 가다, 김병익, 문학과지성사, 《문학과사회》 21(2), 2008.5

이라든가, '사람 하나하나의 마음이, 조그맣고 또렷한 빛으로,/ 살아 있는 우주 여기저기 박혀 있다면!'(「별」)처럼 조그맣고 또렷한 빛으로 우주 여기저기에서 살아가는 황동규의 분신들이다.

황동규의 시에서 가장 많이 등장하는 시어 가운데 하나가 '빛'이다. 밝음과 어둠의 경계선, 그 언저리, 접점. 밝음과 어둠의 점이지대漸移地帶에서 황동규는 이승과 저승, 지상과 천상의 틈새로 뚫려 있는 출구를 보게 된다. '이 어둠도 빛도 아닌 그렇다고 빛 아닌 것도 아닌,/ 아 어찌할 거나/ 혹 사후死後 세상 빛깔이 이렇지나 않을까,/ 조금만 흔들어도 금시 생기가 다시 태어날.'(「부석사 무량수전에는 누가 사는가?」)처럼 새벽 여명을 통해 사후의 세계와 탄생의 세계를 동시에 접하게 된다.

'그냥 가라./ 별꽃이 삶의 이마에 뜰 때까지,/ 삶의 출구가 꿈의 입구로 열릴 때까지./ 가라./ 그냥 가라./ 별꽃이 아니면 또 어떠리./ 이 세상 어딘가에 꽃이 눈뜨고 있는 길이라면./ 초여름 새벽을 가라.'(「초여름의 꿈」)처럼 새벽은 삶의 출구가 꿈의 입구로 열리는 길이다. 새벽은 현실과 꿈의 점이지대다. '이른 저녁부터 별나게 반짝였지./ 오늘도 날 저물어 하늘 슬며시 빛 거두는'(「소주와 진토닉」) 황혼 무렵에 황동규는 마음의 둑을 허물어버린다. 이승에서 저승으로 가는 환한 길이 저녁빛 속에 보인다. '이른 봄밤 새기 전 어둡게 흔들리는 바다와/ 빛 막 비집고 들어오는 하늘 사이에/ 딱히 어떤 색깔이라 짚을 수 없는/ 깊고 환하고 죽음 같고 영문 모를 환생還生 같은'(「마크 로스코의 비밀」) 낙조落照 앞에서 황동규는 이승과 저승을 연결하는 우주적 출구를 보게 된다.

황동규와 한용운이 만나는 지점에 '빛'이 있다

빛은 모든 자연 대상물에 스며서, 그 자연 대상물이 지니고 있는 거대한 배경을 만든다. 모든 자연 대상물은 빛에 의해 거대한 배경을 갖게 된다. 빛은 구체적인 대상물들의 미세한 움직임 뒤에 숨겨져 있는 장대한 프로그램을 보여준다. 또한 빛은 우주 삼라만상의 근원이다. 그래서 황동규는 빛의 힘을 통해서 좁은 길에서도 원대한 사유를 한다. 일찍이 한용운의 사유도 그와 유사한 듯싶다. 그런 면에서 황동규는 한용운의 사유 세계와 공통분모를 지니고 있다고 감히 연결시켜 본다. '연꽃 같은 발꿈치로 가이없는 바다를 밟고 옥 같은 손으로 끝없는 하늘을 만지면서 떨어지는 해를 곱게 단장하는 저녁놀은 누구의 시詩입니까.'(「알 수 없어요」) 저녁놀과 약한 등불을 통해 바다와 하늘, 낮과 밤의 이치를 풀어낸 한용운의 시. 실존적 사유의 형상화에서 한용운과 황동규 시인의 접점이 문득문득 느껴진다. 나만 그런가?

학생들아, 색과 빛! 고흐와 황동규와 한용운을 연결해 보는 키워드를 찾아볼까?

책 『난쏘공』과 영화 〈기생충〉이 집에 대해 토론을 한다면?

-집에 대한 상징성

2015 개정 교육과정 이전에도 문학 교과서에 많이 실렸고, 이후에도 많이 실린 주요 작품으로는 박경리의 『토지』, 채만식의 『태평천하』, 최인훈의 『광장』, 이효석의 『메밀꽃 필 무렵』, 그리고 조세희의 『난장이가 쏘아올린 작은 공』이 있다.

이 작품들은 교과서가 개정되어도 여전히 변함없이 여러 검인정 교과서에 많이 수록되었다. 이광수의 『무정』이 늘 1위를 차지했는데 이번 2015 개정 교육과정의 9종 문학 교과서에는 몽땅 빠졌다. 『무정』이 교과서에서 완전히 사라진 것이다. 김동인, 김동리, 이문열 등의 작품도 거의 사라졌다.

『난쏘공』을 가르치고 싶지 않은
충동을 종종 느낀다

조세희의 『난장이가 쏘아올린 작은 공』은 1970~1980년대 문학을 가르치기 위해서는 반드시 배워야만 하는 기념비적인 작품이다. 그런데 『난장이가 쏘아올린 작은 공』(난쏘공)을 가르치면서 이 작품을 언제까지 가르쳐야 하는가 하는 의문이 생겼다. 너무나 뚜렷한 이분법적인 대립 구도여서 몇 쪽만 읽으면 그다음에 어떤 내용이 전개될지 충분히 짐작이 되고도 남는다. 문체의 재미나 해학미, 반전의 묘미가 잘 드러나지 않아서 수업할 때 학생들의 몰입도가 높지 않다. 그런데 300쇄가 넘는 인쇄는 그만큼 반백 년 우리 사회의 모순을 예리하게 건드린 작품이라는 것을 반증한다.

1,300여 년 전 작품인 「제망매가」, 450여 년 전의 작품인 『구운몽』, 90여 년 전의 작품인 『탁류』 등을 매년 반복해서 가르치는 건 그다지 피로하지 않는데 고작 50여 년 전의 작품인 『난쏘공』을 가르칠 때는 왜 피로감이 생기는 것일까? 내가 쪼잔한 선생인가? 꼰대 교사인가?

『난쏘공』은 1970년대 한국 소설의 기념비적 작품으로 평가받고 수업 시간에 나도 그렇게 가르친다. 낙원도 아니고 행복도 없는 '낙원구 행복동'의 소외 계층을 대표하는 '난장이' 일가의 삶을 통해 화려한 도시 재개발 뒤에 숨은 도시 빈민층, 소시민들의 아픔, 좌절, 애환을 그리고 있는 작품이다.

연극, 영화로도 만들어졌다. 굴뚝 청소하는 두 소년의 이야기, 대학생 지식인이면서 위장취업 노동자인 지섭 이야기, 수학 선생 이야기, 난장이 서커스인 김불이 이야기…… 이 글에 주인공으로 등장하는 도시 노동자들의 문제는 우리 사회가 당면한 엄연한 현실이다. 개발이라는 명목으로 철거되는 삶의 터전, 최저 생계비에도 못 미치는 임금 수준, 열악한 작업 환경, 가진 자의 억압과 술책 등 당시 사회의 모순을 파헤치고 있다. [26]

이 작품을 읽은 일부 학생들의 반응은 조금 냉담하고 싸늘하다. 이해가 안 된다고도 했고, 이런 빈민층의 삶을 꼭 이해하거나 공감해야 하는지 의문이 들기도 했단다. 지금 이 시대에도 그토록 열악한 삶의 환경이나 사회적·계층적 갈등과 모순이 존재할까라는 의심이 든다는 것이다.

26) 「선의 의무와 악의 권리 : 1970년대 사회적 상상력의 두 양상」: 『당신들의 천국』과 『난장이가 쏘아올린 작은 공』을 중심으로, 이현석, 한국현대문학회, 《한국현대문학연구》 44, 2014.12

『난쏘공』과 〈기생충〉에서 '집'은 어떤 의미일까?

『난쏘공』을 읽고 나서 학생들에게 발표를 시킨 적이 있다. 그때 한 학생이 『난쏘공』을 봉준호 감독의 〈기생충〉과 연결지어 비교 분석했는데, 한 마디로 멋진 발표였다. 빈익빈부익부, 사회 양극화의 심화 현상, 그리고 자신만의 아늑한 삶의 공간인 '집'에 대한 집요한 탐구와 천착 등에서 두 작품이 서로 닮은꼴이라는 것이다. 그때 두 작품을 비교하는 것을 중요한 수업 활동으로 삼았다.

봉준호 감독의 영화 〈기생충〉도 '집'에 대한 이야기에서 크게 벗어나지 않는다. 글로벌 CEO 집안의 넓고 안락한 저택, 그리고 곱등이 소굴이면서 햇볕조차 들지 않는 밀폐된 지하실. 영화가 보여주는 집은 너무도 대비되지만, 서로 아주 긴밀하게 연결되어 있다. 높은 집과 낮은 집, 높은 동네와 낮은 동네. 등장인물들은 그 공간들을 오르고 내리고 뛰어다니다 데굴데굴 굴러떨어지기도 한다. 올라가려고 발버둥 치기도 하고, 네 발로 기어오르기도 하고, 제 발로 조용히 걸어 내려가기도 한다. 깨끗한 저택에서도 무엇인가 두려워하는 사람이 있고, 컴컴한 지하실에서도 만족스러워하는 사람이 있다. 모두들 집을 욕망하고 빼앗으려 하고, 혹은 지키려고 한다.

부잣집이라는 숙주에 기생하는 기생충 가족. 문광네와 기택네는 사업을 한답시고 집안을 거덜내고 이전 주인이 만들고 숨긴 반공호 지하실로 숨어든다. 그들은 빛을 등진 그 생활에 어느덧 삶의 총기마저 잃고, 지하의 생활에 만족하다 못해 모르스 부호로 박 사장에게 헌사를 남긴다. 인질이 인질범에게 동화가 되는 현상. 그들은 박사장네에 기생한다. 제아무리 온 가족이 손가락을 빨 정도로 옹색해도, 빚쟁이에 시달려 갈 곳이 없어져도 기택네와 문광네가 저지른

짓은 사기다. 삶은 사기치는 것이다. 속고 속이는 것이다. 기생하는 것이다. 그러다가 묻지 마 살인사건, 아비규환, 파국을 맞는다. [27]

집은 특유의 '냄새'를 가지고 있다. 반지하 월세집은 지하의 퀴퀴한 곰팡이 냄새가 난다. 냄새도 빈익빈부익부의 계급이 된다. 냄새에 의해 규정되는 삶의 양식. 육체와 정신과 옷과 신발과 피부

27) 반지하 '냄새'까지 그의 작품…美감독도 깜빡 속은 기생충 집, 나원정 기자, 《중앙일보》, 2020.2.8. https://news.joins.com/article/23700909?cloc=joonganglarticlelvodrecom2

가 풍기는 냄새가 가난한 자와 부자들의 경계를 이룰 수 있다는 발상이 재미있다. 체취(냄새)도 계급이다!

집은 사람을 닮고, 사람의 성품을 낳는다. 집은 계급을 담고, 계급을 닮는다. 집은 가족을 담고, 가족을 낳는다. 집은 세상을 담고, 세상을 닮는다. 집은 삶과 죽음을 담고, 삶과 죽음을 닮고, 삶과 죽음을 낳는다.

『난쏘공』의 난장이 가족은 50년째 진한 슬픔을 토해내고 있다. 한 시대의 슬픔이 아니라, 오백 년간의 소외를 토하고, 천 년의 아픔을 항변한다. 난장이 가족이 사는 서울시 낙원구 행복동의 허름한 집에 철거 계고장이 날아들고, 어머니는 무허가 건물 번호가 새겨진 알루미늄 표찰을 떼어 간직한다. 새 아파트에 들어갈 형편이 되지 않는 행복동 주민들은 하나둘씩 입주권을 팔기 시작한다. 입주권 가격이 자꾸 올라가자 난장이네 가족은 이십오만 원을 받고 검정 승용차를 타고 온 남자에게 입주권을 판다. 그리고 집은 헐린다……

『난쏘공』을 가르칠 때마다
피로감이 쌓이고 부끄러운 이유

학생들아, 제자들아, 너희에게 집은 어떤 개념이니? 엄마 아빠와 아웅다웅 다투는 곳? 등교와 하교를 반복하는 곳? 억압받는 곳? 아니면 사랑과 행복이 가득한 곳? 나만의 공간이 존재하는 아늑한 곳? 조용하고 호젓한 곳? 휴식을 취할 수 있는 곳? 정상적인 사람이라면 귀소 본능이 철저하고 엄격하다. 대다수는 하루도 귀가를 거스르지 않는다.

제자들아, 너희들에게 집은 어떤 공간이니? 우리 토론해 볼까? 발표를 해볼까? 집은 안식처니? 육체의 자유와 희열, 영혼의 안정, 기도와 묵상을 하는 곳이니? 식구들의 교감과 정서 교환의 공간이니? 아니면 소유와 재산 증식의 가치를 지닌 곳이니? 사회적 지위를 대변하는 매개체니? 철거민의 애환을 느낄 수 있는 공간이니?

『난쏘공』을 가르칠 때마다 극심한 피로감이 밀려오는 이유는 무엇일까? 피로감이 아니라 혹시 부끄러움이 밀려오는 것은 아닐까?

4

시가 나에게
툭툭 말을 건넨다

황진이는 얼마나
발칙하고 자유로운
영혼이었을까?

황진이는 얼마나 발칙하고
자유로운 영혼이었을까?

―유혹과 도발의 언어

"여러분, 다음은 누구일까요? 열 고개를 넘어 봅시다."

1단계 : 개성 맹녀(盲女, 눈먼 여자)의 딸입니다.

2단계 : 화담 서경덕이 그녀의 스승입니다.

3단계 : 그녀는 죽을 때 '내가 죽거든 비단이나 관을 쓰지 말고 옛 동문 밖 물가 모래밭에 시체를 내버려서 개미와 땅강아지, 여우와 살 쾡이가 내 살을 뜯어먹어 세상 여자들로 하여금 나를 거울삼도록 해 달라.'고 유언을 했습니다.

4단계 : 조선 중기의 시인, 기녀, 작가, 서예가, 음악가, 무희입니다.

5단계 : 다른 이름은 진랑眞娘이고 기생 이름인 명월明月로도 알 려져 있습니다.

6단계 : 당시 생불이라 불리던 지족선사를 10년 동안의 면벽 수 도에서 파계시키는가 하면, 호기로 이름을 떨치던 벽계수라는 왕족의 콧대를 꺾어놓기도 하고, 당대 최고의 은둔학자 서경덕을 유혹하기도 했습니다.

　7단계 : 서경덕, 박연폭포와 함께 '송도 3절'로도 불렸습니다.

　8단계 : 그녀가 남긴 시조 작품으로는 '청산리 벽계수야……', '동짓달 기나긴 밤을……', '내 언제 신의 없어……', '산은 옛 산이로되……', '어져 내일이여……' 등이 있습니다.

　4단계쯤 가서야 학생들의 입에서 정답이 나온다.

양반 남자들을 마음껏 풍자하고 야유한 조선 최고의 예인

　청산리靑山裏 벽계수碧溪水야 수이 감을 자랑마라.
　일도창해一到滄海하면 도라오기 어려오니,
　명월明月이 만공산滿空山하니 수여 간들 엇더리.

　위 시조가 누구의 작품인지 모르는 사람은 아마도 대한민국에 거의 없을 듯싶다. 조선 제일의 미인 황진이 누님의 작품이다. 이 작품에 대해 기존의 교과서와 참고서에는 다음과 같이 해석되어 있다.

　세월은 빠르고 인생은 덧없는 것이니, 인생을 즐겁게 살아가자고, 기녀다운 호소력을 보여주는 시조이다. 벽계수는 실존 인물이다. 중의법으로 쓰인 '벽계수'는 흐르는 물과 왕족인 벽계수碧溪水를, 명월明月은 달과 황진이를 동시에 의미한다. '청산'은 영원한 자연을, '벽계수'는 덧없는 인생을, '수이 감'은 순간적이고 덧없는 인생을 비유적으로 표현하였다.

하지만 뭔가 아쉬운 설명이다. 아무리 여러 번 읽어보아도 인생무상은 잘 느껴지지 않는다. 계곡물이 바다로 흘러가면 다시 돌아오기 어렵다는 대목을 읽어보아도 인생의 덧없음으로 읽혀지지 않는다. '자랑하지 마라'는 존대의 의미가 아니다. 오히려 명령형 어미를 통해 깔보는 정서가 이면에 숨어 있다. 즉 벽계수에게 야유를 퍼붓는 어조다. '수여간들 엇더리'는 황진이가 벽계수를 유혹하는 어조다. 즉, 황진이가 벽계수를 유혹하고 벽계수에게 야유를 퍼붓는 노래임이 분명한데 기존의 교과서와 참고서에는 '유혹', '야유'라는 말이 등장하지 않는다.

이 노래는 양반 남자들에 대한 지독한 풍자와 야유를 담았다. 남자를 흐르는 물에 비유하고 공산에 뜬 명월을 자기로 비유했다. 남존여비의 시대에, 양반의 선민 계급의식이 극심한 때에 천민 기생인 자기를 명월에 비기고 종친의 한 사람을 산골물에 비유했다는 것은 황진이만이 할 수 있는 일이다. 예인으로서의 자존심, 미인으로서의 자존심일 것이다.

음탕한 유혹의 노래를
절창의 경지로 올려놓은 '황진이 시조'

황진이는 성격이 활달하고 협객의 풍모를 지녀 남성들을 굴복시켰다고 한다. 30년간 벽만 바라보고 수도에 정진했던 지족선사를 찾아가 미색으로 시험해 결국 굴복시키고 말았다는 일화는 이미 유명하다.

종실 벽계수는 평소 황진이의 유혹에 넘어가지 않는다고 말해 왔는데, 이 이야기를 들은 황진이가 사람을 시켜 그를 개성으로 유인했다. 황진이가 시조를 읊으니 벽계수는 밝은 달빛 아래 나타난 고운 음성과 아름다운 자태에 놀라 나귀에서 떨어졌다고 한다. 황진이가 웃으며 '이 사람은 명사가 아니라 단지 풍류랑일 뿐이다'라며 가버렸다는 이야기가 전해진다. 이런 정황으로 볼 때 황진이의 시조는 인생무상을 노래한 것이 아니라 벽계수를 시험하고, 유혹하고, 야유하는 노래다.

학생들아, 너희들이 쓰는 좀 더 비속한 구어체로 바꿔보면 어떨까. 아마도 이쯤 되지 않을까.

청산리라는 궁벽진 곳 촌놈인 벽계수 자슥아!
네가 의젓하고 까다롭고 도도한 종실 대장부라고?
예쁜 여자에게 절대로 혹하지 않고 오히려 쫓아버리겠다고 호언장담했다면서?

가소롭구나.

이봐 양반! 계곡물처럼 쉽게 떠나갈 수 있다고 착각하지 마라.

명월인 나를 쳐다보지도 않고 한 번 떠나가면 다시는 돌아오기 어려우니 잘 생각해 봐.

이렇게 달덩어리처럼 섹시한 내 몸을 바라보렴.

고고한 척하지 말고 놀다가는 게 어때!

그렇다, 인생무상의 노래가 아니다. 유혹하는 척하면서 야유하고 비꼬는 노래다.

冬至(동지)ㅅ 둘 기나긴 밤을 한 허리를 버혀 내여
春風(춘풍) 니불 아래 서리서리 너헛다가
어론님 오신 날 밤이여드란 구뷔구뷔 펴리라.

이 시조는 어떠한가? 너무나 당돌하고, 솔직하고, 에로틱하고, 관능적이고, 유혹적인 노래가 아닌가! 어론님은 '얼+은+님'이다. '얼다'는 몸을 섞는다는 의미다. 동짓달 긴긴 밤의 중간을 '한 허리'라 한 것이나, 그것을 모시 베듯 서걱 가슴속에 저며둔 마음의 칼로 베어내 봄바람 같은 풋풋한 향내음 일렁이는 춘풍 이불 속에 '서리서리' 저며두는 마음이라니. '~이여드란'이란 조사 표현은 또 어떤가. 그토록 그리고 그리던 님을 맞는 여인이 기쁨에 차 치맛자락을 드러내 보이는 의미의 조사이니, 서리서리, 구비구비와 함께 주는

어감의 맛이 가히 절창이 아닐 수 없다. [28]

음탕한 유혹의 노래를 이토록 절창의 경지로 올려놓은 황진이의 시적 역량은 놀라움 그 자체다.

[28] 황진이의 예능과 인격의 융합, 이화형, 한국시조학회, 《시조학논총》 50, 2019.1

팔딱이는 관능과 질펀한
흥정의 노래를 불러볼까?

-사설시조의 언어

교사는 수다쟁이여야 한다. 명랑하고 쾌활해야 한다. 교실에서 교사는 광대가 되어야 하고, 개그맨이 되어야 하고, 토크 진행자가 되기도 해야 한다. 자기 내면으로 침잠하는 소극적이고 내성적인 성격은 교사로서 부적격이다. 자기만의 고독한 시간을 즐기려고 하는 교사를 친근하게 여기는 학생은 거의 없다. 담임이 침묵을 사랑한다면 그 학급은 어떻게 될까? 교사가 침묵을 황금보다 귀중히 여긴다면 그 수업은 따분할 뿐이다. 학생들은 느닷없이 교사가 자기 인생에 툭툭 말을 건네기를 원한다. 파문을 원한다. 관심을 원한다. 말벗을 원한다. 학생들은 관심받기를 원하고, 적극적이고 지속적인 대화를 원한다.

교사는 사람을 상대하는 직업이다. 그것도 아주 적극적으로 학생들의 인생에 간섭하는 직업이다. 이것저것 옳고 그름을 따지고, 평가하고, 토론하는 직업이다. 학생들의 표정을 꼼꼼히 체크하고 읽어내야 한다. 학생들이 상담을 요청하거나 질문을 던질 때 교사는 웃으면서 상세하고 친절하게 대응해야 한다. 짜증부터 내서는 곤란하다. 교사가 고독을 씹거나 묵언수행을 한다면 활발한 수업을 전개하기 어렵다.

많은 시인과 자연주의자들이 추구하는 '혼자 있는 능력'은 귀중한 자원이다. 혼자 있을 때 온전한 자신이 되는 기쁨을 얻는다. 내면에서 울리는 평화로운 울림을 얻을 수 있다. 인간은 고요해지면 생각 저편으로 넘어간다. 생각 저편의 고요함 안에는 앎과 맑은 마음의 차원이 존재한다'라는 가치는 교실의 성격에 적합하지 않다.

교실은 뜨거운 토론의 장이어야 한다. 지식의 탐구와 인성의 장난이 뒤섞여 있는 곳이어야 한다. 그렇기 때문에 교사는 말의 잔치를 즐겨야 한다. 언어의 성찬에 끼여 매일 언어를 배불리 먹어야 하고 요리해야 한다. 언어의 상점에 들어가 이것저것 언어의 물건을 흥정해야 한다. 교사는 최소한 하루에 다섯 시간 이상은 입술을 운전해야 한다.

또한 교사는 팔딱이는 언어의 흥정을 즐길 줄 알아야 한다. 언어에 회의를 느껴서는 안 된다. 말의 병폐와 위선을 알면서도 부지런히 말을 해야 한다. 말의 흥정꾼이 되어야 하는 것이다. 때로는 언어의 장난꾼이 되기도 해야 한다. 언어놀음과 말의 사치도 즐길 줄 알아야 한다.

질박하고 진솔한
언어의 표현, 사설시조

　나는 언어의 포화 상태를 즐길 줄 아는 인간에 속한다. 하지만 일곱 학급을 돌면서 똑같은 단원을 일곱 번 반복해야 하는 수업, 마치 재미없는 연속극을 강압적으로 일곱 번을 연속해서 봐야 하는 상황은 무척 무료하다. 어느 때는 수업을 하기가 싫어지기도 한다. 광대소금쟁이처럼 흐르는 물 위에서 이리저리 껑충껑충 까불며 뛰면서 수업을 하고 싶지만 생각만큼 쉽지 않다. 일상의 지루한 반복성을 향한 인내심과 정열이 무척 필요한 것이 교사의 업보다.
　말의 가치가 나왔으니 한 가지 실례를 들겠다. 사설시조를 배우는 시간이었다. 아마도 고등학생 시절에 누구나 배웠으리라 생각한다. 사설시조는 질박하고 진솔한 언어, 해학과 풍자와 능청의 언어가 풍성하다.

　댁들이여 동난지이 사오. 저 장사야 네 황후 그 무엇이라 웨난다 사자.
　외골내육外骨內肉 양목兩目이 상천上天, 전행前行, 후행後行, 소小 아리 팔족八足 대大 아리 이족二足, 청장淸醬 아스슥하는 동난지이 사오.
　쟝스야, 하 거북이 웨지말고 게것이라 하렴은.

188

제자들과 함께 낭송을 했다. 시조는 낭송하기 참 좋다. 리듬을 타기 위해 다섯 번 낭송을 했다. 먼저 교사인 내가 낭송을 했다. 이어서 두 번은 다 함께, 그 다음은 몇몇 학생이 개별적으로 낭송을 했다.

　　"느낌을 말해 보세요."

　　"선생님, '게젓'이 뭐예요? '개좆'인가요?"

　　하하하. 웃음바다가 되었다.

　　"아니란다. 게젓이야. 게로 담근 젓갈이란다. 자, 이제 다시 한 번 더 낭송을 해볼까요? 느낌을 말해 보세요."

　　"선생님, 이거 오럴섹스하는 작품 아닌가요?"

　　하하하. 또 웃음바다가 되었다.

　　"왜 그렇게 생각하죠?"

　　"전행, 후행, 팔족, 이족, 청장, 아스슥아스슥 하면서 부르르 떨잖아요."

　　"다른 학생들은 어떻게 생각하죠?"

　　되물어 보았지만 초두 효과 때문인지 많은 학생들이 비슷한 생각을 했다. 처음의 느낌을 말해 보라고 해보았지만 별 차이가 없다.

　　"애들아, 좀 더 유식한 말로 관능적인 작품이라고 하는 거야. 그런데 관능적이 되기 위해서는 성적인 자극을 주든가, 예쁘든가, 달콤하든가, 매혹적이든가 해야 하는데 그런 것 같니?"

　　"예쁘거나 매혹적이거나 달콤하지는 않지만 성적인 자극

을 주는 표현은 맞는 거 같아요."

"위 작품은 시정의 장사꾼과 손님 간에 주고받는 이야기 토막이야. 익살스러운 대화체로 표현되어 있지. 특히 한자 어휘를 동원하여 게를 묘사한 게젓 장수의 현학적 태도를 꼬집고 있는 비판적인 작품이기도 해. [29] 어떤 문제집이나 참고서, 또는 기존 연구 논문에도 위 작품을 관능적이라고 해석하지는 않았어요."

29) 『사설시조의 세계: 범속한 삶의 만인보』, 김흥규, 세창출판사, 2015

"비판적인 작품이라고요? 말도 안 돼요. 정말 게젓 장수가 현학적인가요? 『춘향가』에서 방자도 유식한 한자어를 자유자재로 사용합니다. 관가에 소속된 기생인 춘향이도 '안수해雁隨海 접수화蝶隨花 해수혈蟹隨穴' 등 한문을 탁월하게 사용하고요. 이몽룡을 모시는 방자도 '천황씨 이 쑥덕이 아니라 천황씨 이목덕以木德으로 왕 했다'고 오히려 이몽룡을 가르칠 정도로 유식한 말을 합니다. 그렇다면 춘향이나 방자도 현학적인가요? 잘난 척하는 건가요?"

"그건 결코 아니지."

"게젓 장수도 하층민일 텐데 그의 능숙한 말주변을 현학적이라고 비판할 수 있나요?"

"이것은 흥정의 언어가 아닐까요? 시장 골목에 가면 온갖 흥정의 언어가 깔렸습니다. 게젓 장수는 자신의 상품을 좀 더 멋지게 포장하기 위해 한자어를 빌려 쓴 것뿐이고, 손님은 좀 더 싸게 사기 위해 게젓 장수의 말꼬리에 시비를 걸고 트집을 잡은 것뿐입니다."

"동대문 시장에 가보세요. 상인들이 영어, 중국어, 일본어, 태국어, 아랍어를 유창하게 합니다. 그들이 현학적인가요? 절대 아닙니다."

흥정의 언어? 시정市井의 언어? 시끌벅적 사람 냄새 흥건한 흥정의 언어가 현학적 언어인가? 하층민끼리 시장바닥에서 게젓을 팔고 사면서 가격 흥정을 하는 팔딱이는 언어가 무슨 현학적이란 말인가? 그렇구나. 시정의 언어라고 해서 한자어를 쓰지 말라는 법은 없지. 오히려 장사꾼들은 다양한 손님을 포섭하기 위해 유식한 말을 종종 쓰기도 하니까. 남대문 시장에 가면 영어와 일본어와 중국어를 잘 구사하는 상인들이 얼마나 많은가? 그런데 기존의 참고서와 교과서에는 한결같이 현학적인 작품이며 비판적인 작품이라고만 분석하고 있지 않은가? 학생들이 틀린 것인가? 학자들이 틀린 것인가?

사설시조를 배울 때
교실은 언어의 해방구가 된다

시장에는 물건도 많고, 가게도 많고, 먹거리도 많다. 어우러짐으로 가득 차고, 덤과 흥정이 넘쳐난다. 시장에는 눈 맑고, 말 잘하고, 순수한 부족도 살고 있고, 등쳐먹고 으르렁거리는 부족도 살고 있다. 룰루랄라 장바구니 들고 시장에 가면 거기 노동과 살림의 언어를 구사하는 시인들이 살고 있다. 장사하는 사람들은 다 시인이다.

그들은 솔직함, 대담함, 해학성, 진솔함이 묻어나는 언어를 한다. 또한 그들의 언어는 생동감이 넘친다. 격식이 없고 가면을 쓰지 않는다. 위선을 벗어던졌으며 자기 검열을 하지 않는다. 겉치레 또한 찾아볼 수 없다. 솔직하게 얘기해 보자. 양반 사대부들의 고품격 평시조나 연시조를 배울 때도 그 나름대로의 맛과 멋이 있지만, 학생들과의 진솔한 소통은 할 수가 없었다. 그냥 수능을 위해서, 문학의 품격을 위해서 배울 뿐이다. 하지만 사설시조는 학생들과 소통의 도구로 활용하기에 아주 안성맞춤이다. 편안하고 솔직한 언어들이 교실에 쏟아진다. 교실은 언어의 해방구가 된다.

술이 시인을 불렀나?
우주의 입술을 불렀나?

─술 노래

　문명국가에 사는 사람들이 가장 많이 마시는 액체의 종류는 무엇일까?

　우리나라 국민들이 매년 2억 병, 2억 잔 이상 마시는 것은? 바로 술과 커피다. 사람들은 왜 술을 마실까? 기분 좋게 취하기 위해서다. 사람들은 왜 커피를 마실까? 각성과 기분 전환을 위해서다. 알코올은 '비이성적인 것들의 해방자'이고, 카페인은 '이성적인 것들의 선동자'다. [30] 인간의 영혼은 이 두 극단을 다 갈망한다. 알코올과 카페인은 대부분의 문명국가에서 가장 많이 소비되는 약물이다.

> 30) 『한 잔의 유혹』, 스티븐 브라운, 코기토, 2003

　어느 사회에서건 술과 관련된 일화를 가장 많이 남기는 사람들은 예술가들이다. 보들레르가 『파리의 우울』이라는 시집에 새겨 넣은 '끊임없이 취해야 한다. 무엇에? 술이건 시건 덕성이건 그대 좋을 대로 취해야 한다'라는 구절은 너무나 유명하다.

「관동별곡」은 술 노래니까
음주 수업을 하자

칠판 왼쪽 '학습활동'란에 이렇게 썼다.

감상 방법
1. 술에 취해 보세요.
2. 정철의 황홀한 이탈 여정을 되밟아 보세요.
3. 암송하세요.

"학생 여러분, 외웁시다. 고전은 외워야 합니다. 그게 고전문학을 감상하는 방법입니다. 지금부터 한 시간 동안 암송합시다. 제가 먼저 시범을 보이겠습니다."

나는 걸신들린 듯 낭송을 했다. 희곡 배우처럼 액션을 취하면서 자기 최면에 걸린 듯 마술을 부렸다. 자아도취에 빠진다. 사실 나는 「관동별곡」을 천 번 이상 읽었다. 교직 생활을 한 지 25년이 넘었으니까 가능한 일이다. 나는 교직 생활 2년 만에 「관동별곡」을 완전히 암기했다.

"애들아, 다음 시간에는 술을 가져와라."

그러자 학생들은 탄성을 질렀다. 단란주점을 빌려서 수

업을 하자는 둥, 뒷산 솔숲에서 야외 수업을 하자는 둥 한껏 들뜬 제안이 쏟아져 나왔다. 나는 그런 학생들의 반응에 뿌듯함을 느꼈다. '감흥感興', '완상玩賞'이 살아 있는 수업을 그려 보았다. 그게 고전시가의 핵심이기 때문이다. 감흥이 죽은 수업은 빈 쭉정이에 불과하다.

학생들은 정말 술을 준비해 왔을까? 아무도 술을 준비해 오지 않았다. 양주를 가지고 온다느니, 막걸리를 몇 말 받아 온다느니 거창하게 떠벌렸지만 막상 학생들은 아무도 술을 준비하지 않았다. 술을 가지고 등교하는 것 자체가 교칙 위반이고 중징계 대상이기 때문이다.

술 노래 「관동별곡」의
기막힌 단어를 찾아서

「관동별곡」 뒷부분에 '습습習習'이라는 단어가 나온다. 습習은 새 새끼가 날아가기 위해 날개羽를 백 번(白=百) 젓는다는 의미이다. 따라서 '습습習習'이란 수백 번 날갯짓을 한다는 의미이다.

져근덧 가디 마오, 이 술 흔 잔 머거 보오.
북두셩北斗星 기우려 창히滄海水 부어 내여,
저 먹고 날 머겨늘, 서너 잔 거후로니,
화풍和風이 습습習習ᄒ야 냥익兩腋을 추혀 드니,

구만리九萬里 댱공長空애 져기면 늘리로다.

화자는 송근(소나무뿌리)을 베고 누워 풋잠을 잠깐 잔다. 꿈속에서 꿈에 그리던 이적선(이태백=이백)을 만나고, 삼일포에서 언급했던 신라의 국선인 사선을 만난다. 정철 자기 자신(화자)도 꿈속에서 신선이 된다. 신선끼리 만난다. 그리고 술을 주거니 받거니 풍류를 즐긴다.

'화풍和風이 습습쩝쩝ᄒ야'는 '봄바람이 산들산들 불어서'의 의미이다. '습습쩝쩝'이라는 단어! 습쩝은 새끼 새가 날아가기 위해 날개羽를 백 번(白=百) 젓는다는 의미이다. '습습쩝쩝'은 새끼 새가 창공을 비상하기 위해 수백 수천 번 날갯짓을 한다는 의미이다. 겨드랑이를 추켜세우고 날갯짓을 하며 '습습쩝쩝'이라는 단어를 흉내 내어 보니 학춤인 듯 어깨춤이 절로 나온다. 술 한 잔 기울이고 다시 추어본다면 비상학飛翔鶴이 되어 이미 하늘을 날고 있는 황홀감이 든다. 술을 온 세상에 다 나누어 억만창생(모든 백성)을 다 취하게 만들고 싶다고 한다.

관찰사 임무를 수행하기 위해 부임지까지 가는 세 달 동안의 여정에서 이미 거의 하루도 빠짐없이 술을 퍼마셨다. 금강산(내금강)에서 해금강으로 가는 바닷가 모래사장에서는 이미 술에 너무 취해 말에 올라서도 몸을 제대로 가누지 못하면서 비스듬히 삐딱하게 삐뚤빼뚤 흔들렸다. 대낮부터 고주망태가 된 벼슬아치가 무슨 애민정신을 하고, 선정善政

을 하고, 선우후락先憂後樂을 하려는지 의구심이 든다. 정철은 술과 풍류와 신선이 되고 싶은 심정이 애민정신보다 훨씬 앞서 있다고 볼 수 있다. 관찰사 부임 여정이 온통 관광이고 술타령이다. 애민정신은 그냥 형식적으로 구색을 맞추기 위해 살짝 끼워넣은 것처럼 보인다. 그런데 이런 선후 맥락을 제대로 짚어주는 문학 교과서나 자습서는 어디에도 없다. 그래서 교사인 나도 구렁이 담 넘어가듯 슬쩍 넘어갈 뿐이다.

술을 노래한 시들은
왜 순도가 높은가

술을 따라서 「관동별곡」을 배우다가 현대시로 술술 넘어온다. 수업 한 시간을 온전히 '술'과 '시'에 바치기로 한다. 왜냐하면 그만큼 시 창작에서 술은 중요하기 때문이다.

> 할머니 한 잔 더 주세요/ 몽롱하다는 것은 장엄莊嚴하다
>
> ―천상병, 「주막酒幕에서」 중에서

술은 삶과 세계를 장엄한 것으로 받아들이게 하는 묘약이다. 어쩌면 술이 없었다면 이 세상에서 가장 천진한 술꾼의 외관을 하고 제 안에서 세상을 추방해 버린 천상병의 천진무구한 시 세계도 그다지 풍요롭지 못했을 것이다. 술은

예술 창조의 자양분이다.

　우리는 한 잔의 술을 마시며 버지니아 울프의 생애와 목마를 타고 떠난 숙녀의 옷자락, 정원의 초목 옆에서 자라는 소녀와 문학과 인생, 그리고 세월은 가고 오는 것임을 이야기한다.

─박인환, 「목마와 숙녀」 중에서

　나는 「목마와 숙녀」의 한 대목을 큰소리로 멋들어지게 암송한다. 백 번 천 번을 읽어도 아름다운 구절이다.

　하늘과 땅은 이미
　술을 좋아했다

　술은 입으로 오고 / 사랑은 (　)으로 오나니

─예이츠, 「술 노래」 중에서

　칠판에 큼직하게 쓴다. (　)에 무슨 단어가 들어갈까? 질문을 하면 학생들은 온갖 관능적인 대답을 쏟아낸다.

　하늘과 땅은 이미 술을 좋아하니
　애주함이 하늘에 부끄럽지 않네.
　이미 청주는 성인에 비긴다고 들었고
　다시 탁주는 현자와 같다고 말을 하누나.

(중략)

석잔 술로는 대도大道를 통하고

한 말 술로는 자연에 합치되네.

—이태백, 「월하독작月下獨酌」 중에서

술은 시의 밥이요, 시는 술의 안주다. 이태백은 술에 취하여 강물 속의 달을 움켜잡으려다가 익사했다는 전설도 있다. 술은 시를 부르고, 시는 술을 부른다. [31] 술은 시에 취하고, 시인은 술 없이는 못 산다. 술은 밥보다 소중하다. 이태백은 술이 밥이었

> 31) 《시인세계》, 시인과 술 특집, 2005년 봄호

고, 술이 우주였고, 술이 시였고, 술이 예술이었고, 술이 곧 삶이었다.

습습은 새끼 새가

날갯짓을 연습하는 것이다

습習은 새끼 새가 창공을 비상하기 위해 날갯짓을 수백 번 연습하는 것이다. 연습, 복습, 예습의 습習이 그런 의미다. 북두칠성이라는 국자로 동해 바다라는 술항아리의 술을 모두 퍼마시고 양쪽 겨드랑이를 추켜세워 훨훨 날갯짓 연습을 수백 번 반복하면 구만리 창공을 날아갈 수 있겠다는 정철의 생각!

술 노래 「관동별곡」을 배우면서 술을 매개로 천상병과

박인환과 예이츠와 이태백과 채호기의 시를 건드렸다. 종횡
무진 넘나드는 수업을 했다. 술 노래의 매력이다. 술 노래이
기 때문에 가능한 수업이다.

'한恨'이 한국의 대표적 정서가 아니라고?

-흥의 언어

2015 개정 교육과정 고등학교 문학 교과서(9종)에 고전문학과 현대문학을 통틀어서 가장 많이 실려 있는 작품은 무엇일까? 놀랍게도 바로 『흥보가(흥부전 포함)』이다.

『흥보가(흥부전)』는 웃음과 울음이 뒤섞여 있다. 웃음이 울음이 되고, 울음이 웃음이 된다.

"얘들아, 혹시 너희들 중에 한恨의 정서를 가지고 있는 학생 있나요?"

침묵이 흐른다. 서로 눈치를 살핀다.

"너희들은 정말 한이 없니?"

다시 침묵이 흐른다. 우리 급우 중에 누가 한의 정서를 가지고 있을까? 이쯤 되면 급우들의 시선이 부담되기 때문에 한의 정서를 가지고 있을지라도 쉽게 공개할 것 같지 않다. 갑자기 예민한 인생 문제, 가정 문제, 성격 문제가 겹쳐진다.

눈을 감도록 한다. 한의 정서를 지니고 있는 학생은 0.5초 동안만 재빨리 손들었다가 내려보라고 한다. 그래도 손을 들지 않는다.

"말도 안 돼. 문학을 배우면서 숱하게 들어본 말이 한의 정서잖아요. 「서경별곡」, 「진달래꽃」, 「정읍사」, 「장화홍련전」, 「규원가」, 「아리랑」 등. 귀가 따갑도록 들었잖아요. 심지어 한은 '우리 민족의 전통적인 정서에 해당한다'는 주장까지 듣지 않았나요? 그러면 여러분들은 우리 민족의 후손들이 아닌가? 외계인인가요?"

어, 말 되네. 또다시 침묵이 흐른다. 구석에서 소곤거리는 소리가 잠시 들린다. 그렇다면 한의 정서라는 말은 적절한 용어가 아닌가? 한이 없는 학생들에게 한의 정서를 깊이 느껴보라고 요구하는 것은 적절한 교육인가? 아니면 부적절한 교육이란 말인가?

"옳소. 울고불고 가슴을 쥐어짜는 인간들 보면 왕짜증이야. 정말 재수 없어."

박수 소리가 터진다. 웃음이 터진다. 한의 정서를 지닌 학생이 왕재수 없단다.

『흥부전』, '한의 정서'를 가장한 '흥의 문학'의 절정

"애들아, 오늘부터 공부할 작품은 『흥부전』이야. 『흥부전』에서는 한의 정서가 어떻게 전개되는지 구체적으로 알아볼까? 흥부는 여러분보다도 훨씬 더 경제적 고통에 시달린 인물이에요. 여러분이 흥부처럼 굶주린다면 얼마나 힘들겠어? 그런데 『흥부전』을 읽으면 비감해지나요? 아니면 웃게 되나요?"

대부분의 학생들이 웃게 된다는 대답을 한다.

"그렇습니다. 『흥부전』을 읽으면 울다가 웃다가 결국은 웃게 돼요. 왜 그럴까요? 그게 한(恨)일까요? 아니면 흥(興)일까요?"

"흥이겠죠."

대다수의 학생이 흥이라고 대답한다.

"울면 한이고, 웃으면 흥이겠죠? 그런데 울다가 웃는 것은 무엇일까요?"

키득키득.

"한의 정서와 흥의 정서는 불가분의 관계에 있어요."

흥부의 '수숫대집'과 '가난상'을 치레(타령)하는 대목을 보자.

흥부는 집도 없이 집을 지으려고 집재목을 내려갈 양이면, 만첩청산 들어가서 소부등 대부등을 와드렁퉁탕 버혀다가 안방, 대청, 행랑, 몸채와 내외 분합 물림퇴에 살미살창 가로받이 입구자로 지은 것이 아니라, 이놈은 집재목을 내려하고 수수밭 틈으로 들어가서, 수수대 한 뭇을 베어다가 안방, 대청, 행랑, 몸채 두루짚어 말집을 꽉 짓고 돌아보니 수수대 반 뭇이 그저 남았

구나. 방안이 넓던지 말던지, 양주兩主 들어누워 기지개켜면 발은
마당으로 가고, 대고리는 뒷곁으로 맹자아래 대문하고, 엉덩이
는 울타리 밖으로 나가니,

—송만갑 판 박봉술 창, 『흥보가』 중에서

서른 명의 자식들이 수수깡으로 만든 방 안에 누웠다가
앉았다가 일어나는 장면, 옷과 이불이 없어 멍석 하나에 열
개의 구멍을 내어 자식들의 모가지를 들이미는 장면은 차마
눈 뜨고 볼 수 없는 참혹한 가난이다. 그런데 눈물이 펑펑 쏟
아지는가? 학생들 중 어느 누구도 눈시울을 붉히지 않는다.
오히려 키득키득 웃는다. 책상을 두드리며 한바탕 웃는 학
생도 있다. 교실은 웃음바다가 된다. 『흥부전』은 가난이라
는 처절한 한을 흥으로 변환시킨다. 흥부의 가난이 일차적
이고 시급한 문제다. 하지만 우스꽝스러운 형상들이 줄줄이
엮어지면서 가난의 처절한 고통이 느껴지기보다는 오히려
순간적으로나마 가난으로부터 해방되는 즐거움을 맛본다.
슬픔이 웃음으로 전복되는 것이다. [32] 이런 해학성은 감정
의 경직을 깨뜨려 탄력적으로 삶의 건강
성을 회복시키는 효과를 발휘한다. 웃음
은 경직성을 유연성으로 바꾸고, 날카로
운 모서리를 둥글게 만드는 효과를 가져
온다.

> 32) 한국인의 정서적 지혜: 한의
> 삭힘, 한국학중앙연구원, 고영건,
> 김진영, 《정신문화연구》 28(3),
> 2005.9

이처럼 한과 흥은 멀리 떨어져 있는 배타적인 존재가 아

니다. 흥부가 관가로 환자 섬이나 얻어보려 길을 나서는 처량한 대목에서도 그렇게 처량하게 보이지 않는다. 먹을 것을 꾸러 가는 초라한 흥부의 행색을 보며 비장하고 슬퍼해야 함에도 불구하고 흥부는 여덟팔자 갈지자걸음으로 제법 품을 잡으며 걸어간다. 허세를 부리며 걷는 이런 대목에서 우리는 흥부를 비판하게 되는가? 아니다. 『흥부전』은 한恨을 웃음으로 바꾼 것이다.

또 한 대목을 들어보자. 큰아들이 흥부에게 장가 보내달라고 투정하는 대목이 나온다. 자식이 사팔이 삼십이여서 쫄쫄이 굶고 있는 상황에서 큰아들은 아버지 어머니에게 손주를 구경시켜 주기 위해 빨리 장가를 보내달라고 떼를 쓴다. 가난의 처절한 한을 눈물로 담아내는 것이 아니라 웃음으로 포장하는 것이다. [33]

33) 『살아 있는 고전문학 교과서 1,2,3』, 권순긍, 신동흔, 이형대, 휴머니스트, 2011

박을 타는 장면에서도 마찬가지다. 굶어죽기 일보 직전에 흥부 부부가 박을 탄다. 박에서 밥도 나오고 옷도 나오자 흥부 아내는 신바람이 난다. 그런데 다음번 박에서 양귀비가 튀어나오자 흥부 아내는 잔뜩 약이 올라 '암캐라도 얼른하면 내 손에 결단 나지. 열 끼 곧 굶어도 시앗꼴은 못 보겠다. 나는 지금 곧 나가니 양귀비와 잘 살아라.' 하면서 가출을 시도하려고 한다. 부자가 되어서는 도리어 굶는 게 낫다며 시앗을 시샘하는 흥부 아내의 앙탈은 포복절도를 유발한다. 이것이 바로 해학이다.

"학생 여러분, 흥부와 놀부 가족처럼 늘 웃으면서 살아보세요. 아무리 힘들고 어렵더라도 〈개그콘서트〉를 함께 보면서 키득거리는 가족은 행복한 거예요. 부모님과 자식 사이에 심각하게 위계질서를 세우지도 말고, 싸우지도 마세요. 농담을 던져 보세요. 하루에 한 가지씩 부모님께 농담을 던지세요. 아마도 다 받아줄 거예요. "아빠는 너에게 무엇이니?"라고 물었을 때 "농담하는 친구."라고 대답할 수 있는 가족이 되어 보세요. 한을 흥으로 바꿀 수 있는 가족 말입니다. 유머가 넘치는 가족이 되어 보세요. 엄마를 웃기고 아빠를 웃겨 보세요. 『흥부전』에서 우리가 배워야 할 것은 바로 그겁니다."

깔깔깔 낄낄낄.

흑인 선비, 여자 선비,
노동자 선비도 있겠죠?

-선비의 열린 인식

"독일에는 장인 정신이 있고, 중국에는 중화와 실용 정신이 있고, 일본은 사무라이 정신이 있고, 미국은 프런티어 정신이 있다고 합니다. 그럼 우리나라에는?"

"홍익인간 정신? 인의예지 정신? 화랑도 정신? 불국정토 미륵 신앙? 한恨의 정서? 풍자와 해학 정신? 3·1 정신? 4·19 정신?"

학생들의 의견이 봇물처럼 쏟아진다.

우리 역사에 이렇게 많은 정신이 있었던가. 뿌듯하구나.

'선비'는
순우리말인가요?

"얘들아, 우리는 이황, 윤선도, 이이의 시조를 배울 거야.

이들 작품에 나오는 정신은 무엇일까요?"

"성리학 정신? 유교 정신? 중세 봉건사상? 양반 정신? 사대부 정신? 선비 정신?"

"네, 다 맞는 말입니다. 그중에서도 이번 시간에는 문학 작품 속에 나타난 선비 정신을 배울까 합니다."

드디어 학생들의 입에서 '선비 정신'이라는 말이 자연스럽게 흘러나온다. 한국에는 선비 정신이 있다고 얘기한다. 그럼 선비 정신이란 무엇일까?

"어느 시대에서나 그 사회가 추구하는 이상과 가치 질서를 제시하는 지성인이 있었어요. 앞장서서 그 시대 이념의 가치 질서를 실천하는 수호자가 있었죠. 선비가 그런 역할을 담당했답니다."

"선비가 뭐예요? 순우리말이에요? 한자어예요?"

"어, 글쎄…… 선생님도 잘 모르겠네."

노트북으로 검색을 한다. 『한국민족문화대백과사전』에 선비의 유래와 뜻, 선비의 생애와 활동, 선비의 정신 세계, 선비 정신의 근대적 성찰과 실현, 선비 정신의 현대적 의의가 자세히 나온다. 몇몇 구절을 학생들에게 화면으로 보여준다. [34]

34) 한국민족문화대백과사전 encykorea.aks.ac.kr

□ 공자

"선비는 도에 뜻을 두어 거친 옷이나 음식을 부끄러워하지 않는다."

"자신의 행동에 염치가 있으며 외국에 사신으로 나가서 임금의 명령을 욕되게 하지 않으면 선비라 할 수 있다."

"뜻 있는 선비와 어진 사람은 살기 위하여 어진 덕을 해치지 않고 목숨을 버려서라도 어진 덕을 지킨다."

□ 증자

"선비는 모름지기 마음이 넓고 뜻이 굳세어야 할 것이니, 그 임무는 무겁고 갈 길은 멀기 때문이다. 인(仁)으로서 자기 임무를 삼았으니 어찌 무겁지 않으랴. 죽은 뒤에야 그칠 것이니 또한 멀지 않으랴."

□ 맹자

"일정한 생업이 없이도 변하지 않는 마음을 갖는 것은 선비만이 할 수 있다."

선비는
고리타분한 분들이다

"일정한 생업이 없어요? 그럼 실업자 아닌가요?"

"「허생전」의 허생은 글만 읽었죠. 글을 읽으면 돈을 벌 수 있고, 세상 이치에 해박해지나요?"

학생들은 선비에 대해 이것저것 궁금한 질문을 쏟아낸다. 역시! 선비들의 후손답다.

선비가 벼슬에 나가지 않거나 벼슬을 그만두고 산림에서 학문을 연마하는 데 전념하는 경우를 '산림山林' 또는 '산림처사山林處士'라 하였다. [35] 산림의 선비로서 학문이 높고 명망이 있으면, 임금은 이들이 과거시험을 거치지 않았다

35) 『조선의 선비 정신(토토 생각날개 시리즈 26)』, 황근기, 토토북, 2013

하더라도 '유일遺逸'로서 높은 관직을 주는 경우가 많았다.

이리하여 산림은 사실상 그 사회의 공론을 주도하는 영향력을 지녔으며, 그들을 영도하는 '산림종장山林宗匠'은 정치적 영향력이 막대하였다. 그리하여 처음부터 벼슬길에 나갈 의사가 없이 과거 공부를 멀리하고 도학 공부에 전념하는 것을 선비의 고상한 태도로 여겼던 풍조가 있었다.

또는 정계에 진출했어도 당파싸움으로 인해 귀양을 가게 되는 경우가 비일비재했다. 궁벽한 천애의 장소로 쫓겨갔을 때 양반 사대부는 선비의 모습으로 돌아왔다. 대부大夫에서 처사處士로, 관료에서 은자隱者로 돌아온 것이다. 그들은 독서를 하고, 자연을 벗 삼고, 학문 탐구에 매진하면서 책을 쓰고 작품 활동을 하였다.

"선비들이 지조가 있고 의리가 있었지만, 한편으로는 매우 고리타분했겠어요."

"신념이 강하다 보니 아량, 열린 마음, 포용력이 부족하지 않았을까요?"

오늘날이 요구하는
선비 정신이란?

"선생님, 선비 정신이 오늘날과는 맞지 않는 면이 아주 많겠죠?"

"선생님, 오늘날 선비처럼 살다가는 아마 거지가 될 거예요. 가난뱅이를 벗어나지 못할 겁니다."

"선비는 경제활동 능력이 부족했겠죠?"

"선생님, 선비 정신은 오늘날 어떻게 바뀌어야 할까요?"

그렇다, 학생들은 고리타분한 선비를 원하지 않는다. 선비는 시대 변화에 발 빠르게 적응하지 못하는 꼰대가 되기 십상이다. 오늘날 외계종족으로 일컬어지는 사춘기 고등학생들은 조선 시대의 선비 정신을 액면 그대로 원하는 것이 아니다. 선비 정신을 정보화, 문명화, 과학화, 세계화 시대를 헤쳐나갈 정신으로 보지 않는다.

아프리카 흑인이나 티베트의 소수 민족에게도 감동을 줄 수 있는 보편적 인류 문화에 부응하는 선비 정신을 요구하고 있다. 이질적인 문화도 포용할 수 있는 선비를 찾고 있는 것이다.

조선 시대에 들어와서 선비들이 사회의 지도적 계층으로 그 지위가 확립됨에 따라 선비의 생활양식도 매우 엄격한 규범에 의하여 정형화가 이루어지게 되었다. 조선 시대 선비가 가장 강하게 자신의 입장을 드러냈던 것은 '의義'를 추

구하는 의리 정신에서였다. [36] 선비는
명나라가 세계의 중심이라는 중화주의
를 지키는 것을 가장 중요한 의리로 삼

36) 『선비답게 산다는 것』, 안대회, 푸른역사, 2007

는다. 선비 정신은 변하지 않고 굽히지 않는 의리 정신으로
표현되는 데서 그 강인성이 드러난다. 조선 말기에 이르러
서는 위정척사파의 선비들이 유교 이념의 전통에 위배되는
모든 사상이나 이념체계를 거부하고 도학의 정통성을 수호
하고자 하였다. 특히 도학의 정통성에 상반되는 이단으로서
가톨릭에 대한 배척을 강화하였고, 도학적 의리에 배치되는
서양의 침략 세력을 오랑캐라 하여 거부하였다. 그리고 정
부가 개항과 더불어 개화 정책을 취하게 되자 정부의 입장
을 정면 비판하였다. 국제화, 세계화, 개방화의 신선한 바깥
공기를 거부한 것이다.

이처럼 규범화된 선비 정신은 폐쇄적이고 국수적인 성격
을 띠게 되었다. 유연성과 포용력이 부족하다. 사고의 경직
성을 지녔다.

다음은 선비 정신을 비판한 어느 학생의 글이다. 수업 토
론 자료로 삼을 만큼 선비에 대한 비판적 사고와 가치관을
잘 서술해 놓았다.

'얽매임'은 최고의 병폐다. 전통으로 인식되는 것 중에는 인습
이 꽤 혼재되어 있다. 선비는 세계화 시대에 배타적인 민족주의
를 버리고 인류 공동체 실현을 위해 타민족 타혈통을 수용하는

자세를 지녀야 한다. 다문화 시대에 흑인도 선비가 될 수 있고, 몽골족도 선비가 될 수 있고, 수녀도 선비가 될 수 있고, 할머니도 선비가 될 수 있다는 사고방식을 지녀야 한다. 이제 '선비'는 대한민국의 지식인에게만 적용할 수 있는 용어라고 생각해서는 안 된다.

—학생의 글 「다문화 시대에 흑인도 선비가 되어야 한다」 중에서

선생님, 선비가 되기 싫어요

"조선 시대에는 주로 사대부들이나 처사들이 선비에 해당되었지만, 오늘날은 시민이나 서민, 노동자, 자연인 중에 선비가 더 많지 않을까요?"

"서민 선비? 노동자 선비? 자연인 선비? 흑인 선비? 알바생 선비?"

"선비 정신에서 계층 의식이나 신분 의식은 반드시 혁파되어야 하고 없어져야 합니다."

"선비 싫어요. 지킬 게 너무 많아요. 해야 할 게 너무 많아요. 선비가 되고 싶은 생각 없는데요."

그러니? 어? 정말? 이게 아닌데. 학생들은 선비가 되고 싶지 않단다.

로미오가 춘향이와
향단이를 사랑한다면?

-사랑, 영원한 끌림

    고등학교 문학 교과서(좋은책신사고)의 '한국문학과 세계문학' 단원에는 『춘향가』와 『로미오와 줄리엣』을 함께 배우도록 편성하였다. 서양에 로미오와 줄리엣이 있다면, 동양에는 그에 비견되는 춘향이와 이몽룡이 있다는 것이다. 세계문학사에서 중요한 위치를 차지하는 작품들은 보편성과 특수성을 가지고 있는 경우가 많고, 두 작품은 '사랑'이라는 보편적인 주제를 다루고 있지만, 사랑을 대하는 인물들의 태도와 시대의 가치관이 다르다는 점에서 특수성을 띠고 있다.

다양한 매체를 넘나드는 사랑 이야기,
『춘향가』와 『로미오와 줄리엣』

    사랑 이야기는 화수분이다. 끊임없이 용출한다. 『로미오와 줄리엣』도 원작을 가공한 이야기들이 시, 소설, 희곡, 영화, 음악 등 다양한 장르에서 수백 편 계속 만들어지고 있다. 『춘향가』도 이본이 엄청 많으며, 현대소설에는 이광수의 『일설 춘향전』, 최인훈의 『춘향뎐』 등이 있다. 현대시에는 김영랑의 「춘향」, 서정주의 「추천사」, 박재삼의 「춘향이 마음」, 복효근의 「춘향의 노래」, 이수익의 「단오」 등이 있으며, 희곡에는 유치진의 〈춘향전〉이 있다. 이 밖에도 창극과 오페라, 영화로 〈춘향전〉이 있다. 앞으로도 계속 여러 다양한 매체를 넘나들면서 새롭게 각색되고 가공될 것이다.

교과서에 제시된 학습활동은 다음과 같다.

□ 『춘향가』와 『로미오와 줄리엣』에서 남녀 주인공의 사랑을 방해하는 요인을 파악하고, 이를 통해 당시의 시대적 상황이 어떠했을지 추측해 보자.

□ 『춘향가』와 『로미오와 줄리엣』은 모두 공연 예술에 속한다. 공연 예술로서 두 작품이 지닌 특징을 찾아보자.

□ 『춘향가』와 『로미오와 줄리엣』에 공통적으로 사용된 표현 방식을 파악한 후, 그러한 표현 방식을 통해 나타내고 있는 것이 무엇인지 생각해 보자.

□ 『춘향가』와 『로미오와 줄리엣』의 활동 결과를 바탕으로, 『춘향가』가 지닌 문학의 보편성과 특수성을 이야기해 보자.

그런데 꼭 여기에 국한시켜야 하는가? 열린 텍스트일수

록 학습활동은 다양하다. 교사의 재량에 따라 학습활동은 바뀔 수 있다. 그래서 방자, 이몽룡, 춘향이 등의 캐릭터를 새롭게 바라보고 각색하는 활동을 해보았다.

춘향이가 서양 남자 로미오를 사랑한다면 국제 커플?

요즘은 「방자전」, 「이몽룡과 방자전」, 「줄리엣과 줄리엣」 등 새롭게 재구성된 사랑 이야기가 쏟아져 나오고 있다. 두 여자가 서로 사랑을 하는 동성애 이야기까지 만들어지고 있는 것이다. 방자를 이몽룡보다 더 독특하고 뛰어난 캐릭터로 재창조해서 방자가 향단이와 춘향이를 동시에 사랑하는 이야기도 만들어지고 있다. 정말? 시대의 흐름이 그렇다. 양성평등의 시대이며, 사랑과 연애의 방식이 급속하게 바뀌고 있기 때문이다.

"춘향이를 두 명 등장시키면 어떨까?"

"방자와 이몽룡과 춘향이를 삼각관계로 설정하면 어떨까?"

"동양 남자 이몽룡과 서양 여자 줄리엣을 만나도록 설정한다면 어떨까? 이몽룡과 줄리엣이 사랑하는 설정을 해서 국제결혼 문제를 다루면 어떨까? 사랑에는 국경이 없다고 하는데……."

『춘향가』 한 작품만 가지고도 수백 가지 수업 방식과 토론거리를 뽑아낼 수 있다.

춘향이는 성격이 불같았고 드셌고 똥고집이었다

『춘향가』는 장면마다 문제적 상황이 가득하다. 이를 끄집어내고 토론하는 수업은 유익하다. 특정 상황을 들여다보면 매우 재미있는 상황들이 펼쳐진다.

'이몽룡이 아버지를 따라 한양에 가야 한다고 말했을 때 춘향이는 불같은 성격을 드러내며 발악했고, 이몽룡은 울고불고 눈물을 쥐어짰는가?'

'춘향이의 신분은 이본마다 천차만별인가?'

'춘향이는 열녀인가, 신분 상승의 화신인가?'

'춘향이는 이몽룡에 대한 집착이 너무 강한 인물은 아닌가?'

'춘향이는 한 남자에 대한 집착과 고집이 너무 강한 인물은 아니었나?'

'이몽룡은 이기적이고 무책임한 선비인가, 의롭고 믿음직한 선비인가?'

소제목을 칠판에 써놓는 것만으로도 수업은 한층 흥미가 달아오른다.

"이몽룡과 춘향이는 이팔청춘, 몇 살? 열여섯 살입니다. 동갑이에요. 만나자마자 홀딱 반해서 그날 밤 곧바로 선을 넘어 육체적인 관계를 맺습니다. 오늘날의 나이로 환산하면 중학교 2학년 학생들이죠."

속도 위반, 풍기문란, 교칙 위반, 불량청소년, 발랑 까진 놈들, 사회봉사 10일, 등교 정지 10일, 미투 사건? 아예 퇴학시켜라.

학생들의 성토가 쏟아진다.

"여러분, 고정하세요. 어떤 학자는 서양에 『로미오와 줄리엣』이 있다면, 동양에는 『춘향가』가 있다고 주장할 만큼 『춘향가』는 세계적으로 위대한 작품이라고 평가합니다. 정말 그럴까요? 우리는 『춘향가』에 대해 얼마나 알고 있을까요?"

이쯤 해서 학생들에게 아래의 짤막한 자료를 제시하고 큰소리로 읽어보게 한다.

다 큰 계집아이가 의복 단장 치레하고 봄빛 찬란한 그늘에서 그네를 매고 들락날락 별 짓거리를 다 해대니, 사또 자제 도련님이 광한루에 피서 오셨다가 하얀 속바지 가랑이가 희뜩 펄펄 날리는 양에 정신이 혼미하여 눈은 흐리멍덩해지고, 온몸의 힘줄은 용대기(큰 깃발) 버팀줄같이 뻣뻣해지고, 두 눈에 눈동자가 춤을 추며, 손은 벌벌 새끼 낳은 암캐 떨듯 떨어대며 불러오라 재촉하니 어서 가자, 바삐 가자, 생사람 죽이겠다. 장가도 안 간 아이놈이 네 거동을 보았다면 안 미칠 놈 누가 있겠느냐!

—이명선 고사본 『춘향전』 중에서 [37]

37) 『(옛 그림과 함께 읽는 李古本) 춘향전』, 성현경 편역, 열림원, 2001. '이고본李古本'이란 이명선李明善 소장 고사본古寫本의 약칭

"누가 한 말이죠? 방자요. 맞습니다. 방자가 상전인 이몽룡더러 '장가 안 간

아이놈'이라고 반말을 하네요. 싸가지 없이 반말을 합니다. 그리고 여러분들은 '새끼 낳은 암캐 떨듯'이라는 표현을 이해하겠어요? 새끼 낳은 암캐를 보셨나요? 머릿속에 그림으로 그려지나요?"

"글쎄요, 잘 안 그려지는데요."

"그리고 '두 눈에 눈동자가 춤을 추며'라는 표현도 재미있지요? 여러분들도 두 눈동자로 춤을 춰보세요. 누구 시범 보일 학생? 왕눈이 ○○○학생, 눈깔춤 춰보세요."

하하하 깔깔깔. 수업은 재미있게 이어진다.

교과서 밖으로 탈출해야
수업이 더 재미있어진다

이쯤 해서 문제지 한 장을 나누어 준다. 흥미를 유발하기 위한 문항들이다. 수업 방법은 무궁무진하게 다양하니까.

"여러분, 인쇄물 한 장 더 나갑니다. ○X문제지입니다. 100점 만점을 맞은 학생에게는 자그마치 상점 5점을 드리겠습니다."

※아래 내용이 맞으면 ○, 틀리면 X를 표시하세요.

1. 이몽룡과 춘향이가 만나 사랑을 나눈 나이는 이팔 청춘(16세)이다.

2. 방자가 춘향이에게 가서 대담한 입담으로 춘향이를 불렀지만

춘향이의 반응은 단호했다.

3. 이몽룡은 집에 와서 존엄한 유교 경서들의 글자로써 춘향이와의 음탕한 사랑을 꾸며낸다.

4. 이몽룡은 방자더러 형이라고 불렀다가 심지어 아버지라고 부르면서 춘향이 집에 자신을 데려가 달라고 한다.

5. 이몽룡이 헤어질 수밖에 없다고 하자 춘향이는 치맛자락을 찢고, 거울을 부수고, 머리카락을 쥐어뜯는 등 자해 소동을 벌이며 발악을 한다.

6. 신관 사또가 춘향이에게 수청을 들라고 명령한 것은 당시의 실정법으로 보았을 때 합당한 명령이다.

7. 이몽룡이 장원급제 후 첫 벼슬로 암행어사를 제수받았는데 이는 당대의 인사제도로 보았을 때 매우 부자연스러운 것이다.

8. 매를 맞고 옥에 갇힌 춘향이는 불길한 꿈을 꾸자 맹인 점쟁이를 불렀는데, 그는 해몽할 생각은 하지 않고 춘향이를 위로하는 척하다가 오히려 성추행을 한다.

9. 칼을 쓴 채 옥에 갇힌 춘향이가 죽었다는 소문이 나자 교방청의 기생들이 울며불며 슬퍼하는데 갑자기 어떤 기생이 뛰어나와 춤을 추며 좋아한다.

10. 암행어사 이몽룡이 신관 사또를 봉고파직封庫罷職시킨 것은 당대의 실정법으로 합당한 것이다.

11. 이몽룡이 기녀 춘향이를 첩이 아닌 처로 맞이한 것은 당대의 실정법으로 불가능한 것이다.

—이상의 질문은 이명선 고사본『춘향전』, 조상현 창본『춘향가』

를 참고하였음. [38]

38) 『조상현 창본 춘향가』, 편집부, 깊은산, 2000

학생들은 진지하게 문제를 푼다. 잠시 후 웅성거린다. 요동을 친다. 떠들어댄다. 키득거린다. 깔깔거린다. 자신들이 알고 있는 내용과는 상당히 다르다는 것을 눈치챈다. 의아해한다. 고개를 갸우뚱거린다.

10분 동안 풀게 했다. 학생들의 정답률은 어떤가? 235명의 학생들이 문제를 푼 결과, 정답률은 53퍼센트였다. 47퍼센트의 오답은 무엇을 의미하는가?

위 11문항 모두 정답은 ○에 해당한다. X인 경우는 단 한 문항도 없다. 중하위권 학생들이나 최상위권 학생들이나 정답률은 비슷했다. 오히려 하위권 학생들의 정답률이 더 높은 학급도 있다.

2015 개정 교육과정의 국어과 교과서들을 살펴보았다. 이본의 비교 분석은 고소설을 재미있게 수업하는 지름길이다. 자신들이 알고 있는 내용과는 전혀 다른 엉뚱한 사건 양상을 접했을 때 학생들은 고정관념을 깨부수게 된다. 즉 다르게 생각하기, 다양하게 생각하기가 활발해지는 것이다. 『춘향전』도 경판본과 완판본이 완전히 다르고, 방각본과 필사본이 매우 다르며, 소설본과 창본이 전혀 다르다. 이본마다 그 내용이나 문체, 캐릭터의 성격이나 행동 양상이 판이하다.

그런데 새로 나온 문학 교과서 9종을 살펴본 결과 '이본을 비교하며 읽기'는 나오지 않는다. 따라서 '교과서에 충실한 교육'은 '교과서 속 진부한 해석'의 수업이 될 가능성이 농후하다. 갓 잡아 올린 고등어처럼 팔딱거리는 수업을 하기 위해서는 교과서 밖으로 탈출을 시도해야 할 판이다. 『춘향가(또는 춘향전)』는 확실히 열려진 텍스트라 할 수 있다. 이명선 고사본 『춘향전』, 조상현 창본 『춘향가』는 고등학교 문학 교과서에 나오지 않는다. 그렇지만 적극적으로 활용을 하는 이유는 이본의 세부 항목들을 파고들 때 고소설의 묘미와 깊이가 드러나기 때문이고, 우리 문학의 재미를 더 실감나게 맛볼 수 있기 때문이다.

귀신과 괴물이
문화의 최전선을 이끌까?

-귀신은 인간의 자화상

칠판에 '학습 목표 : 귀신이 소설을 분만했다.'라고 노란 분필로 큼직하게 써놓았다.

학생들이 의아해한다. 소설은 귀신으로부터 탄생했다? 『금오신화』는 귀신들의 이야기이다. 시체를 사랑하는 시애설화屍愛說話, 인귀교환설화人鬼交換說話가 자욱하게 깔려 있다. 지옥, 연옥, 천국으로 구성된 단테의 『신곡』도 귀신들의 이야기라고 해도 무방하다.

학생들의 일상적인 대화를 들어보면 괴이한 이야기가 무척 큰 비중을 차지한다.

제자들아, 인정하지? 학생들의 대화 속에는 엽기적인 존재들이 산재되어 있다.

귀신은 인간 본성을 탐구하는
궁극적인 상징물이다

그렇다면 귀신을 배워보자. 「이생규장전」, 「만복사저포기」, 「취유부벽정기」를 배우는 것이라기보다는 귀신과 놀아보는 거야. 알겠니? 좀 더 유식하게 '전기성傳奇性', '환상성幻想性'이라는 용어를 써볼까.

학생들에게 귀신을 조사하여 발표하도록 했다. 학생들은 '인터넷 지식'을 검색하고 짜집기하는 능력에서는 타고난 천재들이다. 지식 편집 능력에 있어서는 선생님들을 추월하는 능력자들이다. 〈사랑과 영혼〉, 〈은행나무침대〉와 같은 영화나, 『퇴마록』, 『해리포터』 같은 판타지 문학을 조사하여 발표했다. 또한 엽기적인 영상 자료를 찾아와서 제시했다. 여기저기서 괴성이 흘러나왔다.

'귀신'의 의미 폭을 확대하여 살펴볼 필요가 있다. 귀신은 사람이 죽어서 된 그 어떤 상태를 가리킨다. 행복한 삶을 살고 편안한 죽음을 겪은 사람은 좋은 귀신이 되지만, 그 반대의 경우는 인간에게 해를 끼치는 나쁜 귀신이 될 수 있다. 특히 불행한 삶을 살고 잘못된 죽음을 갑작스럽게 맞이한 객사·횡사·급사·아사·익사·참사 등의 경우에는 나쁜 귀신이 될 수 있다. 무속에는 무녀귀신·손각시·몽달귀신 등 여러 종류의 귀신 관념이 있다.

하지만 수업의 편의성을 위해 귀신의 범주를 넓혔다. 살아 움직이는 시체인 좀비도 귀신으로 본다. 사람의 형상을 닮은 흡혈귀인 드라큘라도 귀신의 범주에 포함시킨다. 괴물도 귀신의 범주에 넣는다. 사람의 입장에서 다수의 사람들이 기이하게 생겼다고 보는 생명체를 모두 '괴물'이라고 말한다. [39]

흔히 동물의 형태를 띠고 있으면 괴수怪獸라고 하지만, 식물 형태의 귀신도 허다하다. 오래된 나무들은 모두 정령, 혼령, 초능력을 지니는 영물이 된다. 괴물은 보통 전설이나 신화 속에서 악마 또는 악마의 부하로 나오는 존재거나 돌연변이 때문에 기존 동식물이 변형된 것이기도 하다. 유전자 조작이나 돌연변이에 의해 초자연적인 힘이나 초능력을 발휘하는 영화나 신화 속 주인공들도 넓은 의미에서 귀신의 범주에 포함을 시킨다. 문학적 상상력에 의해 창조된 포켓몬스터(주머니괴물)도 귀신의 범주에 넣는다.

괴물, 좀비, 드라큘라, 귀신, 포켓몬스터, 마법사, 악령 등은 사람의 형상을 어느 정도 지니고 있기 때문에 사람이란 무엇인가를 근본적으로 탐색하도록 자극하는 철학적인 자극제에 해당한다. 즉 귀신은 인간 본성을 탐구하는 궁극적인 상징물에 해당하는 것이다.

이렇게 보았을 때 주변을 유심히 살펴보자. 온통 귀신이다. 극장에, 놀이공원에, PC방에, 컴퓨터 안에, 텔레비전 안에, 도서관에, 책 속에, 장난감 속에, 인간들의 이야기 속에,

> [39] 한국 한시의 괴물 형상에 대한 일고찰: 박종우(고려대학교), 2016.5

종교 서적 속에, 심지어 과학책 속에도 온통 귀신이 살고 있다. 귀신 이야기가 넘쳐난다.

귀신이 소설을 분만했다!

학습 목표 : '귀신이 소설을 분만했다!'에 대한 찬반 토론

그런 다음 '엽기조'와 '토끼조'로 나누어서 토론을 시켰다. '논쟁전략 수업 모형'으로 열띤 토론을 진행한 결과물을 몇 가지 추려보면 다음과 같다.

□ 최첨단 과학 문명이 주도하고 있는 현대 사회에서도 귀신은 끊임없이 창조되고 있다. 아니, 과거보다 더 다양하고 재주가 많은 귀신들이 무수히 출현하고 있다. 현대 사회에서 귀신을 창조하는 주체는 다름 아닌 청소년들이다. 청소년들은 인지 발달, 도덕 발달 과정상 가장 상상력이 왕성한 시기를 살고 있다. 또한 현실과 비현실(또는 초월)의 세계, 이승과 저승의 세계를 따로 구별하기보다는 하나로 생각하는 미분적未分的 사고방식을 지니고 있다. [40] 지금의 청소년들도 그러하고, 아마 미래의 청소년들도 그러할지 모른다.

40) 최운식, 『설화 고소설 교육론』, 최운식, 민속원, 2002

어른들은 귀신 이야기를 부질없는 것으로 취급한다. 어른들은 이승(현실)만을 생각한다. 어른들에게 귀신 이야기나 저승 이야기는

비현실적인 세계로 취급받는다. 하지만 미분적 사고가 지배했던 근대 이전의 사람들과 청소년들에게는 저승 이야기도 자연스러운 현실의 일부다.

　□ 귀신 이야기를 유식하게 표현하면 환상성幻想性이라고 볼 수 있다. 환상성은 우리에게 재미와 즐거움을 풍부하게 제공하고 있으며 재미있는 삶이 무엇인지를 일깨워준다. 귀신 이야기는 시대를 초월하여 흥미 있다. 요즘에는 상품 가치도 매우 높다. 무한한 상상력을 추구하기 때문에 소설의 환상성이 삶의 진폭을 무한대로까지 넓힐 수 있다. 또한 모든 인간이 고귀한 가치로 여기는 이승과 저승을 넘나드는 초월적 사랑은 환상성이 아니면 그려낼 수 없다.

　□ 우리나라의 문학 평론가들은 소설의 본질인 환상성에 대해서 대단히 인색하다. 아동문학이면서 성인문학으로 평가를 받는 『해리 포터』가 만약 우리나라에서 창작되었다면 우리나라 평론가들은 몇 페이지 읽지 않고 저급한 문학으로 평가를 내리고 말았을 것이다.

　□ 오늘날에 특히 환상성은 소설의 본질이 되어야 한다. 환상과 허구의 구분이 모호해지고 있다. 허구는 현실에서 언제나 일어날 가능성이 있는 사건을 그리는 반면, 환상은 현실에서 일어날 수 없는 괴기한 사건을 만들어내지만, 그 경계선이 허물어지고 있다. 급속한 과학 발달에 따라 가상과 환상의 세계가 빠른 속도로 현실이 되는 상황이 펼쳐지고 있다. 소설의 본질은 허구이지 환상은 아니라는

주장은 서서히 설득력이 떨어진다. 소설의 본질은 허구다. 또한 소설의 본질은 환상이다. 비현실적이거나 초현실적인 세계와 지극히 현실적인 세계의 경계선이 모호해지는 세계에서 사실주의라는 용어도 재해석되어야 한다. 허구와 환상도 사실주의의 속성이 될 수도 있다(헉! 매우 획기적인 생각이다. 학생들의 토론은 늘 기발하구나).

「이생규장전」, 「만복사저포기」를 함께 공부하면서 문학의 본질이 무엇인지, 문학 교육의 본질이 무엇인지에 대한 근원적인 질문을 하게 되었다. 소설의 본질은 귀신이다. 귀신이 이야기를 낳는다. 귀신이 소설을 낳는다. 귀신이 삶의 진실을 캔다. 귀신이 삶에 대한 본질적인 질문을 던진다. 열심히 토론 수업에 참가해서 귀신에 대한 다양한 의견을 제시한 학생들에게 감사할 따름이다.

포복절도를 쏟으며
포복절도하듯 글을 쓴 사람은?

─소소笑笑 선생 박지원

연암 박지원은 타고난 장난꾸러기였다. 그의 천진한 모습이 『열하일기』 곳곳에 나타나 있다. '도강록渡江錄' 부분에는 심심풀이 투전 놀이에서 따돌림을 당하다가 간드러지는 예쁜 여인의 목소리에 혹해서 은근슬쩍 접근했으나 완전히 추녀인 것을 알고는 좌절하는 대목을 읽노라면 웃음이 쏟아진다. 박지원이 벽돌을 예찬하고 있을 때 꾸벅꾸벅 잠을 자던 정 진사가 잠에서 깨어나며 '내 벌써 다 들었네. 벽돌은 돌만 못하고, 돌은 잠만 못하다네'라고 할 때도 나는 한참을 웃었다.

『열하일기』에는 '포복절도抱腹絕倒'라는 어휘가 자주 등장한다. 물이 불어 도강할 수 없는 위급한 상황에서도 웃음을 자아내어 사행단을 포복절도하게 만든다. 국숫집 간판인 '기상새설欺霜賽雪'을 잘못 독해하여 머쓱해하면서도 위기를 넘기는 부분 등 곳곳마다 웃음을 폭발시키는 장치를 심어놓았다. 박지원의 문체는 웃음을 머금고 있다.

똥덩어리와 기왓장과 벽돌에
천하의 이치가 있구나

박지원은 나이 18~22세 때에 『광문자전』, 『민옹전』, 『마장전』, 『예덕선생전』, 『김신선전』을 썼고, 나이 29세 때에 『양반전』을 지었다. 젊어서 중증의 우울증을 앓았던 박지원은 글을 쓰면서 우울증을 극복했다. 그리고 웃음을 쏟아내는 소소笑笑 선생이 되었다. 어린 나이에 뛰어난 글을 쓰다니 마치 시인 김소월, 소설가 황석영을 보는 듯하다. 박지원의 소설은 시중에 널리 유통되었고, 박지원은 젊은 문사로서 이름이 알려졌다. 이후 자제군관으로 북경과 열하를 다녀온 박지원은 나이 45세부터 『열하일기』의 일부를 세상에 내놓았고, 47세에 완성본을 내놓게 된다. 『열하일기』안에 『호질』, 『허생전』이 실려 있다.

유득공, 박제가, 이덕무, 홍대용은 중국을 다녀온 후 『발합경』, 『연경』, 『북학의』, 『입연기』, 『건연집』, 『간정동회우록』, 『의산문답』 등 빼어난 책을 펴냈다. 그들의 글을 꼼꼼하게 읽은 박지원은 그들이 부러워 미칠 지경이었다. 마침내 박지원의 나이 44세인 1780년에 중국을 가게 되었다. 5월 25일 한양을 떠난 사행단은 6월 24일 압록강을 건너 북경을 거쳐 청나라 황제가 거주하는 열하를 방문하고, 8월 20일 북경으로 돌아왔다. 박지원은 가는 곳마다 메모를 했다. 5개월간의 연행을 마치고 10월 27일 한양에 돌아와 며칠 뒤에 연암골로 들어갔다. 빼곡하게 적은 메모지가 5만 3천 장이 넘었고, 필담을 나눈 내용만 해도 2만 장이 넘었다. 그는 바로 『열하일기』 집필에 몰두했고, 드디어 3년 뒤에 완성했다.

산해관을 지나면서 마주친 드넓은 요동 벌판! 박지원은 그곳에서, 아기가 태어날 때 힘차게 울듯 자신도 한번 시원하게 울어보고 싶다고 했다. 그것은 두려움과 슬픔의 울음이 아니라 새로운 세계로 들어선 환희와 감격의 울음이었다.

중국에 머무는 동안 박지원은 청나라의 집과 성곽, 벽돌 사용 방법, 말 사육법, 산천 생김새, 성곽, 배와 수레, 각종 생활 도구, 저자와 점포, 도자기 굽는 가마, 언어, 의복 등 보고 들은 바를 소상하게 적었다. 중국 학자들과 나눈 고담준론高談峻論도 많았다. 박람강기博覽强記였다. 밤마다 잠행하면서 사람을 만났고 필담을 나누었다.

북경의 유리창琉璃廠 거리는 조선의 사신들과 실학자들이 틈나는 대로 서점가를 돌면서 학문을 불태웠던 장소 중의 하나라고 한다. 북경 상점가인 유리창은 무려 상점이 길거리에 27만 칸이나 된다고 했다. 이는 한양의 인구보다 많은 점포였다. 이미 명나라가 망한 지 136년이 지난 뒤였다. 오랑캐라고 일컫던 만주족이 세운 청나라는 강대국이 되어 있었다. 박지원은 천하의 재화와 보물이 가득 쌓여 있는 외국의 도심지를 지나면서 그곳의 거대함과 화려함에 경탄했다. 거대하고 화려한 외국 도시의 한편에 서서 자신과 조선이 얼마나 작고 초라한 존재인지를 절감했다.

박지원은 곧 그곳에서 '나를 알아주는 사람을 단 한 사람이라도 얻는 것'이 얼마나 행복한 일인지를 절감하며 자연스레 청나라 상인이나 문사들과 면담을 하면서 자유를 만끽하고 청나라 문물과 사상을 글로 적었다. 사회적 지위나 역할, 입장, 체면 따위를 잊고 낯선 곳에서 새로운 시선과 감각과 사유를 누린 것이다.

그럼에도 불구하고 대다수의 조선 사람들은 망하고 없어진 명나라에 대한 의리를 지키고자 조선을 '소중화'라고 자처하면서 북벌론을 내세우고 있었다. 오죽하면 박지원이 데리고 갔던 하인들까지 청나라를 업신여기면서 그들을 '되놈'이라고 칭할 정도였다.

병자호란 후 조선은 청이 중국 대륙을 차지한 것을 일시적 현상이라 여기고 하루속히 북벌의 대의를 이루고자 하였으나, 청나라는 쇠퇴하기는커녕 날로 번창하고 있었다. 조선의 선비들은 북벌론을 자기 당파의 이익만을 고수하려는 당쟁 의식에 결부시키고 있었다. 박지원은 그러한 현실에 답답함을 느꼈다.

'그림처럼 곱게 쌓아 올린 두엄더미'와 '하루에도 수천 장 구워내고 찍어내는 기왓장과 벽돌'이 백성의 삶을 도탑게 한다면서 천하의 도와 이치가 경전이 아니라 똥덩어리와 기

왓장과 벽돌에 있다고 외쳤다. [41]

박지원은 생전 처음 본 코끼리를 묘사하기 위해 안간힘을 썼지만 기존에 알고 있던 그 어떤 동물로도 코끼리의 모습을 설명할 수 없었다.

41) 연암 박지원의 '북학' 형성 과정 고찰, 김인석(건국대학교), 2008.8

"소의 몸뚱이에 나귀 꼬리, 낙타의 무릎에 호랑이 발, 귀는 구름을 드리운 듯하고 눈은 초승달 같고, 어금니는 두 아름이나 되고, 키는 한 장丈 남짓이며 코는 자벌레처럼 생겼다." [42]

코끼리 하나 제대로 설명할 수 없는 앎이라니! 이 '낯선 사물' 앞에서 현

42) 연행록의 '코끼리' 기사와 박지원의 「상기象記」, 이강엽(대구교육대학교), 2011.12

기증을 느끼던 박지원은 불현듯 어떤 이치를 깨닫고 있었다. 코끼리는 맹수인 호랑이를 코로 때려잡지만 하찮은 쥐 한 마리 앞에서는 쩔쩔맨다. 그렇다면 호랑이가 강한가, 쥐가 강한가? 사물에 대한 일반적 인식을 전복시키는 코끼리 앞에서 박지원은 '만물에 동일한 이치가 있을까?'라는 질문을 던졌다. 나의 '이치'로 눈앞에 보이는 코끼리 하나 설명할 수 없는데, 어찌 내가 아는 이치를 천하에 두루 통하는 이치라고 말할 수 있겠는가? 천하의 이치라고 하는 것도 결국 내 눈에 보이는 것들의 이치에 불과한 것이 아닐까? 그것은 인식의 절대적 중심을 버리고 상대적 진리를 받아들이는 것이었다. 박지원에게는 조선 선비들이 절대적으로 숭배하는 성리학조차도 인식의 절대적 중심일 수 없었다.

『열하일기』에서 박지원은 절대적인 중심 주체를 분열시킨 후 개별적인 중심을 만들었다. 중국은 세상의 중심이 아니었다. 세상의 중심은 수백 곳이 될 수도 있고 수천 곳이 될 수도 있었다. 박지원은 개별적인 타자를 각각 능동적인 중심으로 바라보았다. 개별적인 타자, 개별적인 사물들은 새로운 관계를 맺기 시작했다. 지금까지 경험하지 못했던 새로운 감각을 촉발시키고 있었다. 이제는 거꾸로 개별적인 수많은 각각의 점들이 서로 연결되면서 광대한 관계망이 형성되었다. 새로운 인식 체계였다. 새로운 언어의 구사였다. 새로운 문체였다.

『열하일기』는 고문체古文體에서 소품문小品文의 문체까지 종횡으로 넘나들었다. [43] 우리말 대화는 가급적 고문으로 표현했고, 필담을 나눈 부분이나 중국말 대화는 구어체인 백화문으로 표현했다. 조선식 한자어를 고문체에 뒤섞어놓기도 했다. 한편으로는 속담, 은어, 욕설을 섞어놓았다. 토론식 문체를 사용하였으며, 반론의 반론, 논거 제시 및 반박의 논리 정연한 분석틀을 제시했다. 또한 길에서 만난 여인네의 장신구, 패션, 머리 모양조차도 꼼꼼하게 묘사하는 소품문을 구사했다. 의성어와 의태어를 동원하는 것도 모자라 시각, 청각, 미각, 촉각, 후각 등의 감각어를 동원했다. 곰이나 범, 낙타, 코끼리 등 온갖 동물의 모양새까지 묘사했다. 재주를 부리는 앵무새의 털빛을 자세히 써놓았고, 북진묘에서 달밤

43)『열하일기, 웃음과 역설의 유쾌한 시공간』, 고미숙, 그린비, 2003

에 관영으로 돌아오는 길에는 수총차를 이리저리 뒤집어보며 그 제도를 마치 설계도를 그리듯이 상세히 그려내었다.

『호질虎叱』이나 『허생전許生傳』처럼 소설 형식으로 쓴 글도 있었다. 각계각층의 다양한 인간 유형에 대한 묘사와 인물 형상은 현기증을 일으킬 정도다. 장복이와 창대, 득룡이부터 재야 선비인 왕민호, 무인 출신 선비인 학지정, 황제의 시벗이자 고위급 관직에 있는 윤가전, 황제가 스승으로 모시고 있는 판첸라마 등 통치자 황제에서부터 종교 지도자, 고위 관료, 정치적 실세, 지식인, 하급 관료, 서민 대중, 천인에 이르기까지 실로 다양한 인간들의 행동 양태를 종횡무진 그렸다. 하층민이나 타민족, 타인종이라고 해서 결코 무시하거나 배제하지 않았다. 인종, 직책, 신분 고하를 막론하고 어느 것 하나 소홀함이 없었다. 경계가 없었다. 경계를 뛰어넘고 있었다.

『열하일기』 앞에서 주눅이 드는
나약한 교사의 변

연암 박지원은 친교 능력에서, 메모 능력에서, 관찰 능력에서, 비딱한 사고력에서, 참신한 논리력에서, 막힘없는 문체에서, 문학적인 포부에서, 탁월한 비평적 안목에서, 광활하고 섬세한 필력에서 비범한 능력을 보였다. 열린 융합형 지식인이었다.

『열하일기』를 읽으면서 나는 주눅이 들었다. 문명 비평의 안목이 깊지 않은 나로서는 자유롭고 광대한 인식을 펼치지 못하고 있다. 수업 시간에 고작 '박지원을 추켜세우는 교사' 정도로밖에 학생들에게 비춰질 수 없다는 것이 슬프다.

　『열하일기』집중 탐독 수업을 하고 싶지만 여건이 허락되지 않는다. 도저히 엄두가 나지 않는다. 방대한 분량의 책이고, 일 년을 꼬박 탐독해야 하는 책이기 때문이다. 방과후 학교 수업 시간에 개설할까 하는 생각도 해보았지만 학생들이 감당할 수 있을지 모르겠다. 그리고 내가 정말 학생들을 감동시킬 수 있는 수업을 할 수 있을지 예측이 되지 않는다. 감동이 없는 수업으로 귀착된다면 나는 큰 자괴감에 빠질 것만 같다. 박지원에게 면목이 없을뿐더러 더욱 주눅이 들게 될 것이다.

　그래도 미래의 어느 날인가에는 학생들과 더불어『열하일기』집중 탐독 수업을 하면서 요동 벌판을 지나고, 심양을 지나고, 산해관을 지나고, 북경을 지나고, 고북구를 지나면서 사귀고, 관찰하고, 쓰고, 토론하고, 감동하는 수업을 해보고 싶다!

스승님,
나의 미학적 스승님!

-스승을 딛고 일어설까

　나는 고등학교 선생으로 27년을 지냈다. 옛날에는 '스승님'이라는 소리를 자주 들었다. 하지만 요즘은 그런 용어가 사라진 것 같은 착각이 든다.

　해마다 스승의 날은 찾아오지만, 이제는 스승의 날이 무척 퇴색해졌다. 학급 담임으로부터 삶의 감동이나 뜻밖의 조언이나 격려를 받는 시대는 지난 것 같다. 선생 말은 지시나 인생에 대한 개입이나 간섭으로 여기는 학생들이 많다. 선량하고 진심어린 담임의 말조차도 꼰대의 말로 치부하곤 한다. 그만큼 선생은 성스럽고 고귀한 존재가 아니다.

　학교는 성소聖所가 아니다. 삶의 이치와 처세와 가치를 배우는 경로가 매우 다양해졌음을 의미한다. SNS를 통해서 배우고, 친구를 통해서 배우고, 동아리를 통해서 배우고, 학원에서 배운다. 스승은 학교에만 있지 않다. 도처에 널려 있다.

학교 선생님만이 스승이 아닌 시대가 된 것이다.

그럼에도 불구하고 '가르침'은 지속된다. 가르침을 받고자 하는 학생들의 자세도 변함이 없다. 작은 이벤트도 해마다 있다. 정성스레 쓴 손편지 서너 개를 받는다. 손으로 편지를 쓰는 것이 귀한 시대가 되었다.

고등학교 문학 선생으로서 입시와 수업 진도와 문학의 본질 사이에서 늘 갈등한다.

"시가 자존심이 되고, 절망이 되고, 생활의 발목을 잡는 장애가 되고, 지지리도 말 안 듣는 애인이 되는 삶을 기꺼이 선택하는 사람이 시인이란다."

"시인은 자발적으로 유폐를 떠나고, 자발적으로 외롭고, 자발적으로 건달처럼 시와 어울리고, 자발적으로 눈물을 펑펑 쏟는다."

내가 이런 말을 내뱉으면 학생들은 아무런 감동도 받지 않는다. 무슨 해괴한 망발이냐? 말장난하냐? 그게 수능 시험에 나오냐? 그게 인생을 행복하게 하냐? 뭐 이런 시큰둥한 반응이다.

"선생님! 오늘이 스승의 날이잖아요? 선생님에게는 스승이 없어요? 단축 수업하고 선생님도 선생님의 스승을 찾아뵈어야지요."

단축 수업을 하면 오죽 좋으랴! 십여 년 전만 해도 단축 수업을 했다. 오전 수업만 했다. 오후에는 옛 스승을 찾아뵈라고 했다. 지금은 언감생심이다. 7교시까지 수업을 다 한다.

어슴푸레…….

나에게도 문학의 스승이 있었다.

시적 감수성을 키워준
초등학교 선생님

종종 선생님 집에 가서 딸기를 실컷 따먹었다. 마당과 뒤뜰과 담장 밑으로 딸기가 가득했다. 선생님은 딸기를 마음껏 따먹으라고 하셨다. 학교에 커다란 토끼 우리가 있어서, 등교할 때마다 토끼풀을 뜯어갔다. 책가방에서는 토끼풀에 묻어온 온갖 곤충이 기어나왔다.

진천군 주최 학생 문예 백일장에 학교 대표로 나가 장원을 한 적도 있다. 선생님께서 무척 기뻐하셨다. 우리 집에서는 흑염소를 수십 마리 키웠는데, 돌보는 일은 내 몫이었다. 흑염소를 몰고 냇길을 돌아 등교했으며 흑염소와 함께 하교를 했다. 흑염소와 매일 뿔싸움을 했다. 눈을 부라리고 팽팽하게 사력을 다하며 콧숨을 퍽퍽 내쉬는 뿔맛이 기가 막혔다. 흑염소의 작은 뿔이 내 허벅지를 찔렀을 때 내 혈관에서 날카로운 울음이 터졌다. 흑염소는 멀리 도망가서 안쓰럽게 나를 바라보았다. 착한 짐승이었다. 겨울에는 흑염소를 한 마리 잡았다. 나는 뒷다리를 선생님께 드렸다. 선생님은 무척 좋아하셨다. 그분이 내 감수성을 키워주셨다.

글쓰기의 맛을 알게 해주신
대학교 선생님

오탁번, 이남호 교수님의 강의를 들으면서 글쓰기의 맛을 느끼기 시작했다. '시 창작' 수업 시간에 오탁번 교수님의 얼굴 그림을 몇 장 그려서 리포터로 제출했더니 최고점수를 주셨다. 어떤 비 오는 날에는 야외 수업을 했다. 정지용의 〈시의 위의威儀〉(서늘오움) 시론 [44]을 강조하셨다. 감정 조절하기, 이미지 만들기, 어린아이 같은 마음 갖기, 천방지축·천진무구의 마음을 강조하셨다. 더불어 강조한 것은 김소월의 '아니눈물'이었다. 등골이 오싹한 전율이 일었다.

[44) 시의 위의威儀, 정지용, 『문장文章』, 1939년 11월호]

이남호 교수님의 '문장 연습' 수업 시간에 있었던 비문 고치기 수업을 통해 문체의 중요성을 실감했다. 강원도 정선으로 정선아리랑, 경상도 밀양으로 밀양아리랑을 채록하러 가기도 했다. 이남호 교수님이 민물고기를 잡아오셔서 매운탕으로 포식을 한 적도 있다. 초겨울《현대시학》에 시를 투고했다. 오탁번 선생님이 중앙도서관으로 나를 부르셨다. 보드카에 커피를 안주 삼아 시인의 자세에 대해 깊은 얘기를 나누었다. 지금 등단하면 겉멋이 들 수 있다고 말씀해 주셨다. 나는 그동안 써 온 작품들을 싸들고 북한산에 올라 바위 밑에 몽땅 묻어버렸다. 새롭게 태어나야만 했다.

지금도 일 년에 한두 번씩은 불쑥 오탁번 선생님으로부

터 연락이 온다. "장 선생!", "장 시인!", "인수야, 나 오탁번이야." 이러신다. 제천 천둥산 아래 원서헌에 계시다가 종종 용인 쪽의 아파트로 오신다. 저녁 한 끼 하자고 용인 쪽으로 부르신다. 나는 냉큼 달려간다. 항상 살갑고, 촌로 같고, 아버지 같고, 어떨 때는 순딩이 동자승 같다. 우리말 사전 얘기를 많이 하신다. 예술의 가치는 우리말을 잘 찾고, 잘 닦고, 자주 사용하는 데 있다고 늘 강조하신다. 알글앙글, 잘코사니, 지난결, 손톱여물, 실비, 볼우물, 노루잠, 홰친홰친, 쥐불연기, 엘레지, 알요강 등의 시어들에 대해 술술술 썰을 푼다.

우리말에 필이 완전히 꽂히신 것 같다. 술을 잘 드시는데도 머리가 무척 좋으시다. 자신의 밑바닥이나 사생활이나 야생의 언어들을 결코 숨기지 않는다. 툭툭 뱉는다. 시원시원하다. 언술이 화통하고 솔직하다. 허울과 가면과 허례가 거의 없다.

"시는 죽어 있는 말로 쓰면 안 돼. 팔딱팔딱 뛰는 활어活魚가 진짜 활어活語이며 시어詩語야. 날비린내가 확 풍겨야 진짜 시어야."

술을 드시면서 이러신다. 조지 오웰, 정지용, 백석, 서정주의 시를 특히 좋아하신다. 오탁번 선생님은 질그릇이다.

"너, 임마, 충청도 촌놈이니까 우리말 선수지? 땅속이나 들판이나 촌구석에 가득한 아름다운 우리말 애써서 찾아내. 찾아서 생명을 불어넣어! 다 살려! 그거 못하면 너는 시인도 아니야, 임마."

제자에게 반말도 하시고 욕도 하신다. 애정이 듬뿍 담긴 충고다. 절절한 격려다. 존경할 수밖에 없는 나의 오탁번 스승님! 사랑합니다. 한참 부족한 제자지만 숨어 있는 우리말 살려내도록 노력하겠습니다.

시인 등단의 다리가 되어주신
교육대학원 선생님

유성호 교수님의 강의를 들으면서 7년 동안 방치했던 시심詩心이 엄청난 에너지로 용출되기 시작했다. 유성호 교수님은 기억력의 천재였다. 문학사의 일화나 사건을 연월일까지 정확하게 꿰뚫고 계셨다. 유창하고 실증적인 교수님의 강의를 들으면서 나는 미친 듯이 시를 썼다. 교육대학원을 다니는 동안 계간지《시인세계》를 통해 등단했다.

시인 등단 이후
길이 되어주신 선생님

등단 이후 김종해 선생님은 나를 데리고 가장 좋은 고깃집에 가서 한우 꽃등심을 사주셨다. 시인의 길은 힘들고 어려운 길이고, 칭찬과 공격과 비판이 난무하는 곳이고, 치열해야만 하는 길이고, 미쳐야만 하는 길이라고 누차 말씀하셨다. 나에게 힘을 주는 것은 물론이고, 시인의 자세를 깨우치게 만든 말씀이었다. 김종해 선생님은 만날 때마다 나를 격려해 주셨다. 아낌, 걱정, 배려, 격려가 몸에 밴 분이다.

정진규 선생님은 나를 볼 때마다 "사람 괜찮네.", "시 괜찮네."라는 말을 해주시곤 했다. 그때마다 '정말 나는 괜찮은 놈일까?'를 늘 고민했다.

장석주 선생님은 출판을 앞둔 시집인 『붉디붉은 호랑이』에 대한 서평을 나에게 부탁했다. 나는 서평 형식에 구애받지 않고 독후감처럼 별 어려움 없이 술술 썼다. 그런데 시집 안에 '해설'로 들어가 있는 것이 아닌가? 깜짝 놀랐다. 애송이 시인에 불과한 내가 장석주 시인의 시집에 해설을 썼다는 것이 믿기지 않았다. 자신을 밑바닥까지 낮춘 장석주 시인의 무모함과 엉뚱함이 나를 큰 충격과 혼란에 빠뜨렸다. 그 후로 나는 장석주 선생님의 독특하고 신선한 문체와 인식을 눈여겨보면서 배우기 시작했다.

나는 정말 축복을 받은 놈이다. 좋은 스승, 훌륭한 스승을 살면서 계속 만났기 때문이다. 살다보면 끊임없이 또 다른 스승이 나타난다. 배워야 할 것, 따라야 할 것, 모셔야 할 것들이 자꾸 생긴다. 그것을 알아채는 것은 큰 축복이다. 지금 나에게 또 다른 스승이라면 단연코 그림을 가르쳐주는 임부미 선생님이다. 그리고 인식의 폭을 우주적으로 넓혀주고 있는 부처님과 예수님이 나의 시 스승이다.

"얘들아, 나는 못난 스승이야. 그저 그런 스승이야. 나보다 뛰어나고 좋은 스승들이 주변에는 정말 많단다. 마음을 열고 찾아봐. 꼭 있어. 반드시 있단다. 너희들에게 벼락같은 큰 축복과 힘을 주실 거야. 알겠지?"

이런 말을 뱉고 나니 학생들 앞에서 쑥스럽고 부끄러워진다. 아! 나는 부끄러운 교사였구나. 스승이 스승 얘기를 하는 것은 아무래도 못할 짓이다.